# 文豪たちが書いた
# 食の名作短編集

彩図社文芸部 編



彩図社

# 序

本書は、日本を代表する作家たちが描いた、食にまつわる作品集です。収録したのは、28作の短編・随筆。作者の個性が感じられる、味わい深い作品を集めました。

おにぎりと思い出が交錯する吉川英治「母の掌の味」、行方不明になった夫の奇怪な行動を妻が語る岡本綺堂《おかもときどう》「鰻に呪われた男」、お菓子好きの少年がトラウマを抱くようになる夢野久作「お菓子の大舞踏会」、料理への思いがこれでもかと伝わってくる北大路魯山人《きたおおじろさんじん》「味覚馬鹿」……。

いずれの作品にも、食に対する作家たちのこだわりが、随所に表現されています。読み進めていただくと、好みの味を共有できる作家が、きっと見つかるでしょう。未知の味わいを魅力的に描き出す作品にも、きっと出会えるはずです。

文豪たちが手がけた食の名作の数々を、とくとご賞味あれ。

文豪たちが書いた
# 食の名作短編集
——目次——

# 表記について

※本書では、原文を尊重しつつ、読みやすさを考慮した文字表記にしました。
・旧仮名づかいは、新仮名づかいに改めました。
・旧字体の一部は、新字体に改めました。
・「ゝ」「ヽ」「〱」などの繰り返し記号は、漢字・ひらがな・カタカナ表記に改めました。
・極端な当て字など、一部の当用漢字以外の字を置き換えています。
・読みやすさを考慮して、一部の漢字にルビをふっています。
・明らかな誤りは、出典など記載方法に沿って改めました。
・漢字表記の代名詞・副詞・接続詞は、原文を損なわないと思われる範囲で、平仮名に改めました。

掲載作のなかには、今日の人権意識に照らして不当、不適切と思われる語句や表現がありますが、作品の時代背景と文学的価値とを考慮し、そのままとしました。

# 腹のへった話

梅崎春生《うめざきはるお》

申すまでもなく、食物をうまく食うには、腹をすかして食うのが一番である。満腹時には何を食べてもうまくない。

今私の記憶の中で、あんなにうまい弁当を食ったことがない、という弁当の話を書こうと思う。弁当と言っても、重箱入りの上等弁当でなく、ごくお粗末な田舎駅の汽車弁当である。

中学校二年の夏休み、私は台湾に遊びに行った。花蓮《かれん》港に私の伯父がいて、私を招いてくれたのである。うまい汽車弁当とは、その帰路の話だ。

花蓮港というのは東海岸にあり、東海岸は切り立った断崖になっている関係上、その頃まだ道路が通じてなく、蘇澳《そおう》から船便による他はなかった。その船も二三百屯《トン》級の小さな汽船で、花蓮港に碇泊《ていはく》してハシケで上陸するのである。

で、八月末のある日の夕方、私はハシケで花蓮港岸を離れ、汽船に乗り込んだ。この汽船がひどく揺れることは、往路において判ったから、夕飯は抜きにした。私は今でも船には弱い。

そして案の定、船は大揺れに揺れ、私は吐くものがないから胃液などを吐き、翌朝蘇澳に着いた。船酔いと言うものは、陸地に上ったとたんにけろりとなおるという説もあるが、実際はそうでもない。上陸しても、まだ陸地がゆらゆら揺れているような感じで、三十分や一時間は気分の悪いものである。だから少し時間はあったが、何も食べないで、汽車に乗り込んだ。そのことが私のその日の大空腹の原因となったのである。

蘇澳から台北まで、その頃、やはり十二時間近くかかったのではないかと思う。ローカル線だから、車も小さいし、速度も遅い。第一に困ったのは、弁当を売っているような駅がほとんどないのだ。

汽車に乗り込んで一時間も経った頃から、私はだんだん空腹に悩まされ始めて来た。それはそうだろう。前の日の昼飯（それも船酔いをおもんぱかって少量）を食っただけで、あとは何も食べていないし、それに中学二年と言うと食い盛りの頃だ。その上汽車の振動と言う腹へらしに絶好の条件がそなわっている。おなかがすかないわけがない。蘇澳で弁当を買って乗ればよかったと、気がついてももう遅い。

昼頃になって、私は眼がくらくらし始めた。停車するたびに、車窓から首を出すのだが、弁当売りの姿はどこにも見当らぬ。もう何を見ても、それが食い物に見えて、食いつきたくなって来た。海岸沿いを通る時、沖に亀山島という亀にそっくりの形の島があって、私はその島に対しても食欲を感じた。あの首をちょんとちょん切って、甲羅をはぎ、中の肉を食べたらうまかろうという具合にだ。

艱難《かんなん》の数時間が過ぎ、やっと汽車弁当にありついたのは、午後の四時頃で、何と言う駅だったかもう忘れた。どんなおかずだったかも覚えていない。べらぼうにうまかったと言うことだけ（いや、うまいと言う程度を通り越していた）が残っているだけだ。一箇の汽車弁当を、私はまたたく間に、ぺらぺらと平らげてしまったと思う。

そんなに腹がへっていたなら、二箇三箇と買って食えばいいだろうと、あるいは人は思うだろう。そこはそれ中学二年という年頃は、たいへん自意識の多い年頃で、あいつは大食いだと周囲から思われるのが辛さに、一箇で我慢したのである。一箇だったからこそ、なおのことうまく感じられたのだろう。あの頃のような旺盛な食欲を、私は今一度でいいから持ちたいと思うが、もうそれはムリであろう。

# 朝御飯

林芙美子

## 1

倫敦《ロンドン》で二ヶ月ばかり下宿住いをしたことがあるけれど、二ヶ月のあいだじゅう朝御飯が同じ献立だったのにはびっくりしてしまった。オートミール、ハムエッグス、ベーコン、紅茶、流石に閉口してしまって、いまだにハムエッグスとベーコンを見ると胸がつかえそうになる時がある。

日本でも三百六十五日朝々味噌汁が絶えない風習だ。英国の朝食と云うのは、日本の味噌汁みたいに、三百六十五日ハムエッグスがつきものなのだろうか。但し倫敦のオートミールは中々うまいと思った。熱いうちにバタを溶いて食塩で食べたり、マアマレイドで味つけしたり、砂糖とミルクを混ぜて食べたりしたものだった。

巴里《パリ》では、朝々、近くのキャフェで三日月《クロ》パン《ワッサン》の焼きたてに、香ばしいコオフィを私は愉《たの》しみにしていたものである。——朝御飯を食べすぎると、一日じゅう頭や胃が重苦しい感じなので、巴里的な朝飯は、一番私達にはいいような気がする。

淹《い》れたてのコオフィ一杯で時々朝飯ぬきにする時があるが、たいていは、紅茶にパンに野菜などの方が好き。このごろだったら、胡瓜《きゅうり》をふんだんに食べる。胡瓜を薄く刻《き》ざんで、濃い塩水につけて洗っておく。それをバタを塗ったパンに挟んで紅茶を添える。紅茶にはミルクなど入れないで、ウイスキーか葡萄酒を一二滴まぜる。私にとってこれは無上のブレック・ファストです。

徹夜をして頭がモウロウとしている時は、歯を磨いたあと、冷蔵庫から冷したウイスキーを出して、小さいコップに一杯。一日が驚くほど活気を呈して来る。とくに真夏の朝、食事のいけぬ時に妙である。

夏の朝々は、私は色々と風変りな朝食を愉しむ。「飯」を食べる場合は、焚《た》きたての熱いのに、梅干をのせて、冷水をかけて食べるのも好き。春夏秋冬、焚きたてのキリキリ飯はうまいものです。飯は寝てる飯より、立ってる飯、つやのある飯、穴ぼこのある飯はきらい。子供の寝姿のように、ふっくり盛りあがって焚けてる飯を、櫃《ひつ》によそう時は、何とも云えない。味噌汁は煙草のみのひとにはいいが、私のうちでは、一ヶ月のうち、まず十日位しかつくらない。あとはたいてい、野菜とパンと紅茶。味噌汁や御飯を食べるのは、どうしても冬の方が多い。

これからはトマトも出《で》さかる。トマトはビクトリアと云う桃色なのをパンにはさむと美味《うま》い。トマトをパンに挟む時は、パンの内側にピーナツバタを塗って召し上れ。美味きこと天上に登る心地。そのほか、つくだ煮の類も、パンのつけ合せに中々おつなものです。マアマレイドは、たいてい自分の家でつくる。

私は缶詰《かんづめ》くさいマアマレイドをあまり好かないので、買うときは瓶詰《びんづめ》を求めるようにしている。ありがたいことに、このごろ、酢漬けの胡瓜も、日本でうまく出来るようになったが、あれに辛子をちょっとつけて、パンをむしりながら砂糖のふんだんにはいった紅茶をすするのも美味い。そのほか私の発明でうまいと思ったものに、パセリの揚げたのをパンに挟むのや、大根の芽立てを摘《つ》んだつみな、夏の朝々百姓が売りに来るあれを、青々と茹《ゆ》でピーナツバタに和《あ》えてパンに挟む。御実験あれ。中々うまいものです。

——梅雨時《つゆどき》の朝飯は、何と云っても、口の切れるような熱いコオフィと、トオストが美味のような気がします。

朝々、バタだけはふんだんに召上れ。皮膚《ひふ》のつやがたいへんよくなります。外国では、バタをつかうこと日本の醤油の如くです。バタをけちけちしてる食卓はあまり好きません。――日曜日の朝などは、サアジンとトマトちしゃのみじんにしたのなどパンにもよく、御飯にもいい。

朝々のお茶の類は、うんとギンミして、よきものを愉しむ舌を持ちたいものだ。茶の淹れかたも飯の焚きかたといっしょで心意気一つなり。コオフィにはなまぐさものの類、魚、野菜何でも似合わないような気がして、たいていの、ややこしい食事の時は紅茶にしている。但し、肉類をたべたあとの、つまり食後のコオフィはうまいものです。食事と茶と添う時は、まず紅茶の方だろうと思うけれど、如何《いかが》でしょう――。

## 2

このあいだ高見順さんの「霙降る背景」と云う小説を読んでいたら、郊外の待合《まちあい》で朝御飯を食べるところが描写してあった。中々達者な筆つきで、如何《いか》にも安待合の朝御飯がよく出ていたが、女主人公が、御飯と茶の味でその家の料理のうまいまずいがわかると云うところ、私もこれには同感だった。

私は方々《ほうぼう》旅をするので、旅の宿屋でたべる朝飯は、数かぎりもなく色々な思い出がある。まず悪口から云えば、いまでもはっきり思い出すのに、赤倉温泉に行って、香嶽楼と云う宿屋へ泊った時のことだ。ここは出迎えの自動車もあって、一流の宿屋だときいたのだけれど、朝飯にふかし飯を出されて、吃驚《びっくり》してしまった。ちょうど五月頃の客のない時で御飯もいちいち炊《た》けないのかも知れないけれど、二三日泊っている間に、私は二三度ふかし飯を食べさせられて女中さんに談判したことがある。どう云うせいなのか、これは三四年前のことだのに、この無念さはいまだに思い出すのだから、食いものの恨みと云うものも、中々根強いものだと思う。——朝飯にかぎらず、食事のまずいのは東北。しかも樺太《からふと》あたりに行くと、朝からなまぐさい料理を出される。

朝飯がうまかった思い出は、静岡の辻梅と云う旅館に泊った時だ。ここでは何よりもまず茶のうまいのが愉《たの》しい。京都の縄手《なわて》にある西竹と云う家も朝御飯がふっくり炊けていてうまかった。それから、もっとうまいのに、船の御飯がある。船に乗る度《たび》におもうのだけれど、大連《だいれん》航路の朝の御飯はつくづくうまいと感心している。船旅では朝のトーストもなかなかうまいものだ。

パンで思い出すのは、北京の北京飯店の朝のマアマレイド。これは誰が煮るのか、澄んだ飴色をしていて甘くなく酸っぱくなく実においしい。

私はめったに友人の家へ泊ったことがないけれど、鎌倉の深田久弥《ふかだきゅうや》氏の家へ泊った時の朝御飯は、今でも時々、うまかったと思い出す。奥さんはみかけによらぬ料理好きで、ちょいちょいと短時間にうまいものをつくる才能があって、火鉢でじいじいと炒《い》ためてくれるハムの味、卵子《たまご》のむし方、香《こう》のもの、思い出して涎《よだれ》が出るのだから、よっぽど美味かったのに違いない。

私は、朝の肉は気にかからないが、朝から魚を出されるのは閉口。中国地の魚どころへ行くと、朝からしゃこの煮つけなんか出される。朝たべられる果物は躯《からだ》に金《きん》のような作用をするそうだけれども、全く、中国地でありがたいものは、果物がふんだんにたべられること。私はこのごろ、朝々レモンを輪切りにして水に浮かして飲んでいるけれど運動不足の躯には大変いいように思う。いまごろだと苺の砂糖煮もパンとつけあわせて美味いし、いんぎんのバタ炒《い》り、熱い粉《こ》ふき藷《いも》に、金沢のうにをつけて食べるのなど夏の朝々には愉しいものの一つだと思う。うには方々のを食べてみたけれど、金沢のうにが一番うまいと思った。これは朝々パンをトーストにして、バタのように塗って食べるのだけれど、これは、ちょっとうますぎる感じ。——食べものの話になると、もっともっと書きたいのだけれど一息やすませて貰って、そのうち、うまいものをたべある記でも書きましょう。

# コーヒー哲学序説

寺田寅彦

八九歳のころ医者の命令で始めて牛乳というものを飲まされた。当時まだ牛乳は少なくとも大衆一般の嗜好品《しこうひん》でもなく、常用栄養品でもなく、主として病弱な人間の薬用品であったように見える。そうして、牛乳やいわゆるソップがどうにも臭くって飲めず、飲めばきっと嘔吐《おうと》したり下痢したりするという古風な趣味の人の多かったころであった。もっともそのころでもモダーンなハイカラな人もたくさんあって、たとえば当時通学していた番町《ばんちょう》小学校の同級生の中には昼の弁当としてパンとバタを常用していた小公子もあった。そのバタというものの名前さえも知らず、きれいな切り子ガラスの小さな壺《つぼ》にはいった妙な黄色い蝋《ろう》のようなものを、象牙《ぞうげ》の耳かきのようなものでしゃくい出してパンになすりつけて食っているのを、隣席からさもしい好奇の目を見張っていたくらいである。その一方ではまた、自分の田舎《いなか》では人間の食うものと思われていない蝗《いなご》の佃煮《つくだに》をうまそうに食っている江戸っ子の児童もあって、これにもまたちがった意味での驚異の目を見張ったのであった。

始めて飲んだ牛乳はやはり飲みにくい「おくすり」であったらしい。それを飲みやすくするために医者はこれに少量のコーヒーを配剤することを忘れなかった。粉にしたコーヒーをさらし木綿《もめん》の小袋にほんのひとつまみちょっぴり入れたのを熱い牛乳の中に浸して、漢方の風邪薬《かぜぐすり》のように振り出し絞り出すのである。とにかくこの生まれて始めて味わったコーヒーの香味はすっかり田舎《いなか》育ちの少年の私を心酔させてしまった。すべてのエキゾティックなものに憧憬《どうけい》をもっていた子供心に、この南洋的西洋的な香気は未知の極楽郷から遠洋を渡って来た一脈の薫風《くんぷう》のように感ぜられたもののようである。その後まもなく郷里の田舎へ移り住んでからも毎日一合の牛乳は欠かさず飲んでいたが、東京で味わったようなコーヒーの香味はもう味わわれなかったらしい。コーヒー糖と称して角砂糖の内にひとつまみの粉末を封入したものが一般に愛用された時代であったが往々それはもう薬臭くかび臭い異様の物質に変質してしまっていた。

高等学校時代にも牛乳はふだん飲んでいたがコーヒーのようなぜいたく品は用いなかった。そうして牛乳に入れるための砂糖の壺《つぼ》から随時に歯みがきブラシの柄などでしゃくい出しては生の砂糖をなめて菓子の代用にしたものである。試験前などには別して砂糖の消費が多かったようである。月日がめぐって三十二歳の春ドイツに留学するまでの間におけるコーヒーと自分との交渉についてはほとんどこれという事項は記憶に残っていないようである。

ベルリンの下宿はノーレンドルフの辻《つじ》に近いガイスベルク街にあって、年老いた主婦は陸軍将官の未亡人であった。ひどくいばったばあさんであったがコーヒーはよいコーヒーをのませてくれた。ここの二階で毎朝寝巻のままで窓前にそびゆるガスアンシュタルトの円塔をながめながら婢《ひ》のヘルミーナの持って来る熱いコーヒーを飲み香ばしいシュニッペルをかじった。一般にベルリンのコーヒーとパンは周知のごとくうまいものである。九時十時あるいは十一時から始まる大学の講義を聞きにウンテル・デン・リンデン近くまで電車で出かける。昼前の講義が終わって近所で食事をするのであるが、朝食が少量で昼飯がおそく、またドイツ人のように昼前の「おやつ」をしないわれらにはかなり空腹であるところへ相当多量な昼食をしたあとは必然の結果として重い眠けが襲来する。四時から再び始まる講義までの二三時間を下宿に帰ろうとすれば電車で空費する時間が大部分になるので、ほど近いいろいろの美術館をたんねんに見物したり、旧ベルリンの古めかしい街区のことさらに陋巷《ろうこう》を求めて彷徨《ほうこう》したり、ティアガルテンの木立ちを縫うてみたり、またフリードリヒ街や、ライプチヒ街のショウウィンドウをのぞき込んでは「ベルリンのギンブラ」をするほかはなかった。それでもつぶしきれない時間をカフェーやコンディトライの大理石のテーブルの前に過ごし、新聞でも見ながら「ミット」や「オーネ」のコーヒーをちびちびなめながら淡い郷愁を瞞着《まんちゃく》するのが常習になってしまった。

ベルリンの冬はそれほど寒いとは思わなかったが暗くて物うくて、そうして不思議な重苦しい眠けが濃い霧のように全市を封じ込めているように思われた。それが無意識な軽微の慢性的郷愁と混合して一種特別な眠けとなって額をおさえつけるのであった。この眠けを追い払うためには実際この一杯のコーヒーが自分にはむしろはなはだ必要であったのである。三時か四時ごろのカフェーにはまだ吸血鬼の粉黛《ふんたい》の香もなく森閑としてどうかするとねずみが出るくらいであった。コンディトライには家庭的な婦人の客が大多数でほがらかににぎやかなソプラノやアルトのさえずりが聞かれた。

国々を旅行する間にもこの習慣を持って歩いた。スカンディナヴィアの田舎《いなか》には恐ろしくがんじょうで分厚《ぶあつ》でたたきつけても割れそうもないコーヒー茶わんにしばしば出会った。そうして茶わんの縁の厚みでコーヒーの味覚に差違を感ずるという興味ある事実を体験した。ロシア人の発音するコーフイが日本流によく似ている事を知った。昔のペテルブルグ一流のカフェーの菓子はなかなかにぜいたくでうまいものであった。こんな事からもこの国の社会層の深さが計られるような気がした。自分の出会った限りのロンドンのコーヒーは多くはまずかった。大概の場合はＡＢＣやライオンの民衆的なる紅茶で我慢するほかはなかった。英国人が常識的健全なのは紅茶ばかりのんでそうして原始的なるビフステキを食うせいだと論ずる人もあるが、実際プロイセンあたりのぴりぴりした神経は事によるとうまいコーヒーの産物かもしれない。パリの朝食のコーヒーとあの棍棒《こんぼう》を輪切りにしたパンは周知の美味である。ギャルソンのステファンが、「ヴォアラー・ムシウ」と言って小卓にのせて行く朝食は一日じゅうの大なる楽しみであったことを思い出す。マデレーヌの近くの一流のカフェーで飲んだコーヒーのしずくが凝結して茶わんと皿《さら》とを吸い着けてしまって、いっしょに持ち上げられたのに驚いた記憶もある。

西洋から帰ってからは、日曜に銀座の風月《ふうげつ》へよくコーヒーを飲みに出かけた。当時ほかにコーヒーらしいコーヒーを飲ませてくれる家を知らなかったのである。店によるとコーヒーだか紅茶だかよほどよく考えてみないとわからない味のものを飲まされ、また時には汁粉《しるこ》の味のするものを飲まされる事もあった。風月ではドイツ人のピアニストＳ氏とセリストＷ氏との不可分な一対がよく同じ時刻に来合わせていた。二人もやはりここの一杯のコーヒーの中にベルリンないしライプチヒの夢を味わっているらしく思われた。そのころの給仕人は和服に角帯姿であったが、震災後向かい側に引っ越してからそれがタキシードか何かに変わると同時にどういうものか自分にはここの敷居が高くなってしまった、一方ではまたSとかFとかKとかいうわれわれ向きの喫茶店《きっさてん》ができたので自然にそっちへ足が向いた。

自分はコーヒーに限らずあらゆる食味に対してもいわゆる「通」というものには一つも持ち合わせがない。しかしこれらの店のおのおののコーヒーの味に皆区別があることだけは自然にわかる。クリームの香味にも店によって著しい相違があって、これがなかなかたいせつな味覚的要素であることもいくらかはわかるようである。コーヒーの出し方はたしかに一つの芸術である。

しかし自分がコーヒーを飲むのは、どうもコーヒーを飲むためにコーヒーを飲むのではないように思われる。宅《うち》の台所で骨を折ってせいぜいうまく出したコーヒーを、引き散らかした居間の書卓の上で味わうのではどうも何か物足りなくて、コーヒーを飲んだ気になりかねる。やはり人造でもマーブルか、乳色ガラスのテーブルの上に銀器が光っていて、一輪のカーネーションでもにおっていて、そうしてビュッフェにも銀とガラスが星空のようにきらめき、夏なら電扇が頭上にうなり、冬ならストーヴがほのかにほっていなければ正常のコーヒーの味は出ないものらしい。コーヒーの味はコーヒーによって呼び出される幻想曲の味であって、それを呼び出すためにはやはり適当な伴奏もしくは前奏が必要であるらしい。銀とクリスタルガラスとの閃光《せんこう》のアルペジオは確かにそういう管弦楽の一部員の役目をつとめるものであろう。

研究している仕事が行き詰まってしまってどうにもならないような時に、前記の意味でのコーヒーを飲む。コーヒー茶わんの縁がまさにくちびると相触れようとする瞬間にぱっと頭の中に一道の光が流れ込むような気がすると同時に、やすやすと解決の手掛かりを思いつくことがしばしばあるようである。

こういう現象はもしやコーヒー中毒の症状ではないかと思ってみたことがある。しかし中毒であれば、飲まない時の精神機能が著しく減退して、飲んだ時だけようやく正常に復するのであろうが、現在の場合はそれほどのことでないらしい。やはりこの興奮剤の正当な作用でありきき目であるに相違ない。

コーヒーが興奮剤であるとは知ってはいたがほんとうにその意味を体験したことはただ一度ある。病気のために一年以上全くコーヒーを口にしないでいて、そうしてある秋の日の午後久しぶりで銀座へ行ってそのただ一杯を味わった。そうしてぶらぶら歩いて日比谷へんまで来るとなんだかそのへんの様子が平時とはちがうような気がした。公園の木立ちも行きかう電車もすべての常住的なものがひどく美しく明るく愉快なもののように思われ、歩いている人間がみんな頼もしく見え、要するにこの世の中全体がすべて祝福と希望に満ち輝いているように思われた。気がついてみると両方の手のひらにあぶら汗のようなものがいっぱいににじんでいた。なるほどこれは恐ろしい毒薬であると感心もし、また人間というものが実にわずかな薬物によって勝手に支配されるあわれな存在であるとも思ったことである。

スポーツの好きな人がスポーツを見ているとやはり同様な興奮状態に入るものらしい。宗教に熱中した人がこれと似よった恍惚《こうこつ》状態を経験することもあるのではないか。これが何々術と称する心理的療法などに利用されるのではないかと思われる。

酒やコーヒーのようなものはいわゆる禁欲主義者などの目から見れば真に有害無益の長物かもしれない。しかし、芸術でも哲学でも宗教でも実はこれらの物質とよく似た効果を人間の肉体と精神に及ぼすもののように見える。禁欲主義者自身の中でさえその禁欲主義哲学に陶酔の結果年の若いに自殺したローマの詩人哲学者もあるくらいである。映画や小説の芸術に酔うて盗賊や放火をする少年もあれば、外来哲学思想に酩酊《めいてい》して世を騒がせ生命を捨てるものも少なくない。宗教類似の信仰に夢中になって家族を泣かせるおやじもあれば、あるいは干戈《かんか》を動かして悔いない王者もあったようである。

芸術でも哲学でも宗教でも、それが人間の人間としての顕在的実践的な活動の原動力としてはたらくときにはじめて現実的の意義があり価値があるのではないかと思うが、そういう意味から言えば自分にとってはマーブルの卓上におかれた一杯のコーヒーは自分のための哲学であり宗教であり芸術であると言ってもいいかもしれない。これによって自分の本然の仕事がいくぶんでも能率を上げることができれば、少なくも自身にとっては下手《へた》な芸術や半熟の哲学や生ぬるい宗教よりもプラグマティックなものである。ただあまりに安価で外聞の悪い意地のきたない原動力ではないかと言われればそのとおりである。しかしこういうものもあってもいいかもしれないというまでなのである。

宗教は往々人を酩酊《めいてい》させ官能と理性を麻痺《まひ》させる点で酒に似ている。そうして、コーヒーの効果は官能を鋭敏にし洞察《どうさつ》と認識を透明にする点でいくらか哲学に似ているとも考えられる。酒や宗教で人を殺すものは多いがコーヒーや哲学に酔うて犯罪をあえてするものはまれである。前者は信仰的主観的であるが、後者は懐疑的客観的だからかもしれない。

芸術という料理の美味も時に人を酔わす、その酔わせる成分には前記の酒もあり、ニコチン、アトロピン、コカイン、モルフィンいろいろのものがあるようである。この成分によって芸術の分類ができるかもしれない。コカイン芸術やモルフィン文学があまりに多きを悲しむ次第である。

コーヒー漫筆がついついコーヒー哲学序説のようなものになってしまった。これも今しがた飲んだ一杯のコーヒーの酔いの効果であるかもしれない。

# 母の掌の味

吉川英治

近頃のお弁当には、よく幕の内と称するものがある。あれはお握りを上品にしたつもりだろうが、握り飯の部類には入れられない。およそ食味からいっても幕下の方である。握り飯の美味さは、ぼくには、少年の日の郷愁と、またすぐ、貧乏な母親につながってゆく。どうもお互いは、食生活のやや豊な日に馴れてしまうと、ほんとの〝米〟の味などは、つい忘れがちになるものらしい。

釜底の「お焦《こ》げ」と、ぼくらが称したものを、母がそれをオヒツへ移したついでの手で、すぐさっと手塩で握っては、子供らへ一個ずつ朝飯前の朝飯に分けてくれたオコゲのオニギリの如きは、近頃とんと、味わったことがないし、どこの家庭でも、やっているのを見たことがない。

茶の会席では、献立ての並ぶ最初から、ほんの少々、御飯を取り分けて、咀嚼《そしゃく》する。あれは、飯も料理の一品として、味わうように仕向けてある方法である。——それと、献立ても終ったあとで、少量の御飯をのこしておき、その御飯へ、湯桶《ゆとう》を掛けまぶして、お湯漬として食べるのも、会席の特長とされている。

塗の湯桶の中には、塩味のついた白湯《さゆ》に、御飯のオコゲが多量に加えてあるので、たいへん香ばしく、満腹のあとでも、ついサラサラと一椀の湯漬が舌をよろこばせようという考え方。——この考え方も、按《あん》ずるに、むかしの食いしん坊だの茶人輩が、少年の日の味覚を郷愁して、オコゲのお握りなどから、着想をえたものではあるまいか。

ひと口に、お握りといえば、何でも御飯を握り固めて、上から浅草海苔でつつんでしまうのが、近頃のやり方で、ピクニックのお弁当も、高校生のも、競馬場の芝生で見かけるのも、ままこれが普遍的だが、それだけが握り飯でないことも、ちっとは知っていて、稀れには、ほかの工夫も、やって見たらおもしろいだろうと思う。

たとえば、味噌をしんに握り込めて、薄っすらと上を焦がす焼きお握り。冬なら蕗《ふき》のとうを交ぜた蕗味噌を入れるとか、味噌その物だけでもよい。また、日の丸弁当と称する梅干入れは、誰でも知っているが、紫蘇《しそ》の粉を、御飯のうちから、すっかりまぶして握りしめると、香のよい桜色の、適度な味のおにぎりになる。

同様な方法で、アミの佃煮をまぶしたお握りも、ぼくは好きだった。鰹魚《かつお》ぶしでも、それをやるが、どうもお弁当にすると、それを開いたとき、くずれ易いのがきずである。いっそ、最初から、お弁当へ仕込むつもりの場合は、キザミ人参を加えた油揚げの御飯を炊いて、それを握るなどは、たいへん美味い。ただの茶飯でも変った風味のお握りになる。ぼくら子供が絶讃したのは、オコゲの茶飯お握りであった。それと、昨日の残飯を幾つも握って、母が早朝からモチ網にのせて付け醤油で焼き焦がしてくれた焼きお握り。あの醤油と飯の焦げ合う匂いがたまらなくうれしかったが、しかし、近来の家庭では、そんな悠長な時間は持つまい。また、昨日の残り御飯を饐《す》えさせては、と苦労するような生活でもなくなった。

けれど、稀れには、握り飯はいいものだ。いまでも、ぼくは食慾のない日には、朝午《あさひる》を問わず、お握りを台所へ註文する。ごく小さく握ってもらう。そして生味噌に、新生姜か何かを添えて、机の端に載せてもらうと、結構、おいしく食べてしまう。

そんな時は、少年の日の胃ぶくろが、ふと、なつかしまれたりする。そしてお握りと云え、あの母親の掌で無造作に握られた飯粒の微妙な握り加減の巧《たくみ》さなども、考え出される。上手な酢司職人の手とおなじように、貧しい中に沢山な子を育てた母親の掌は、いつか、釜底のオコゲに一塩まぶして握る早業にも、熱い飯粒を、すばやく、米の香や味の逃げないうちに、適度に握りこなす技術にも、微妙な持ち味を、その掌に持ってしまったものだろう。

だから、握り手に依って、お握りもまた、一様な物ではない。試しに、わが家のお勝手にいる面々にやらせてみると、女房の握るお握り、おばちゃんのお握り、女中さん達のお握り、みな加減が違うし、味もちがう。おかしい事には、各々の顔や性格のように、形までがちがっている。

# 蠣《かき》フライ

菊池寛

汽車が国府津を出た頃、健作は食堂へ入って行った。寝るまでの中途半端の時間なので、客は十四、五人もあちらの卓《テーブル》やこっちの卓《テーブル》に散在していた。大抵は、二、三人づれでビールや日本酒を飲んでいた。健作は、晩飯を喰っていないので、ビフテキとチキン・ライスを注文した。

健作は、チキン・ライスを喰ってしまってから、ふと気がついたのだが、健作が坐っている席とは一番遠い端に、こちらへ背を向けて、坐っている女が、愛子に似ていることだ。

肩の容子《ようす》や、襟筋や着物の好みが、愛子を想い起さずにはいられなかった。愛子とは、もう五年以上会っていなかったし、彼女が、商科大学出の秀才と結婚したと云う以外は、何もきいていないのだが、しかし彼女の後姿などはどんな場合にでも、思い出せないことはなかった。その上、商科大学出の秀才らしい男が彼女とさし向いで、食事をしていた。

腰かけているために、背の高さは、分らなかったが、立ち上ったら、スラリとするに違いない上半身を持っていた。フォークの使い方などが、十分は分らないが、愛子らしい手さばきだった。

健作は、愛子と一緒に、幾度も食事をした。だが、そんな場合、彼女位、はにかみ屋はなかった。どんなにお腹がすいていても、健作の前では、何一つ手をつけなかった。幾品もとった料理に、全然箸をつけない時があった。

「何か、お上りなさいよ。お腹が、すくでしょう。」

「いいえ。」

「おかしいな。でも、僕はお腹がすくから食べますよ。」

「ええ。どうぞ。」

彼女は、頑強に何も喰べなかった。

だが、そのうちに彼女でも、やっぱり喰べる料理が、あるのに気がついた。それは、蠣《かき》フライだった。はにかみ屋の彼女も蠣フライだけには、手をつけた。

「わたし、蠣は大好きよ。蠣フライならいくらでもいただくわ。」

そう云って、御飯をたべずに、彼女は蠣フライを喰べた。

健作は、彼女と一緒にレストランへ入るときは、一番に訊いた。

「おい。蠣フライは出来るかね。」

そして、出来るときくと安心して、入った。

春が来て、蠣のない季節になると健作は彼女と一緒に、食事をするのに困った。だが、彼女は食事をしないことにちょっとも苦痛を感じないらしかった。御飯の代りに彼女は、絶えず、デセールやチョコレートを喰べていた。

彼女と別れてからも、健作は蠣フライを見るごとに、彼女を思い出した。彼女が、どこかで、きっと蠣フライを喰べているに違いないからだった。

愛子らしい後姿を見て、健作は、すぐ蠣フライのことを思い出した。健作は立ち上って、その傍へまで行って、愛子かどうか確める必要はなかった。確めたところで、ただお互に心を擾《さわが》し合うだけだった。また、そのことで幸福らしい彼女の夫婦生活に少しの陰影でも投げることは、いやだった。

やがて、愛子らしい女は、立ち上った。背丈は、愛子よりも少し高いように思った。だが、顔は見せずじまいで主人の後により添うて向う側の出口から出て行ってしまった。

健作は、それでいいと思った、結局、たしかめないのがいいと思った。愛子の客車と健作の乗っている客車とは、食堂車で隔てられているから、こちらで強《し》いて確めようとしない以上、確めずに済めることをうれしいと思った。

だが、健作が勘定しようとしてボーイを呼ぶと、やって来たボーイは、さっき愛子らしい女のサーヴィスをしていた一番背の高いボーイだった。

健作は、勘定を払いながら、訊かずに居られなかった。

「ねえ、今君が給仕していた夫婦がいたね。」

「ええ、いらっしゃいました。」

「あの奥さんの方は、蠣フライを喰べなかったかい。」

「ええ召上りましたよ。御自分のを召し上った上に、旦那さまの方のも召し上りましたよ。」

健作の頬に、微笑が思わず浮んだ。そして彼は少し寂しかった。けれども、愛子の幸福を欣《よろこ》んだ。

# 餅

岡本かの子

餅を焼きながら夫はくくと笑った――何を笑って居らっしゃるの。」台所で雑煮《ぞうに》の汁をつくっていた妻は訊ねた。

知って居るところへは旅行をするから年末年始の礼を欠くという葉書を出してあるので客は一人も来ない。女中も七草前に親許へ正月をしに帰してやった。で、静かなこの家は夫妻二人きり。温室育ちの蘭が緋毛氈《ひもうせん》の上で匂っている。三日間の雑煮も二人で手分してつくっている。

夫は餅の位置を焼けたのと焼けないのと入れ替えてからこういった。

――あの秋に婚約が出来て、次の年の正月にはじめておまえの家へ年始に行ったときな。どうもおかしい、おれは生焼けの餅を食わされたんだ。」

――あら、そんなお話はじめてよ、今まで一度も仰《おっしゃ》らなかったじゃないの。」

妻は仕切りの障子を開けて白い顔を茶の間に出した。夫は和《やわら》いだ顔を振向けた。

――たいした重大事件でもないから忘れてしまって居たさ。だが餅を焼くので思い出したのさ。おまえのあの時の雑煮はすっかりおまえがつくったというんじゃないのか、でも、おれが食って居る傍でおまえのママがそう説明したんだよ。」

――そうなの、ママの説明のとおりなの。あの日ママがね、今日は慎一さんが来られるからおもてなしに出すものはみなおまえがするがいい。それがほんとのご馳走だ、といってね。無理にこしらえさせられたんですわ。」

――ほかのご馳走はとにかく、餅だけはよく焼けてなかったな。」

――ミッションスクールの寄宿舎に入って居た娘ですもの、プディングの出来かげんは知っていてもお餅の焼き方なんか、てんで興味を持って居なかったんですもの――それであんた、あの時、焼けそこないのお餅食べながらわたしを軽蔑なさったの?」

――その反対だ。こういう焼け損ないの餅なんか出す娘はなかなか純なところのある娘なんだろうと思った。」

――あら嘘ばっかり。」

――いや、ほんとうだ。」

妻は一たん障子の内がわへ顔を引込めたが、今度は出来上った雑煮の汁を鍋ごと盆の上に載せて夫の居る座敷へ入って来て坐った。

——なま焼けのお餅を食べさせる娘がどうして純なの、あなた。」

——まあ聞け、僕はそのとき結婚して居た友人の細君を知って居たんだがね、料理はうまいし家事万端非のうちどころも無いほど切って廻す。それで居て気持は打算的で冷たい女なんだ。友人はしじゅうこぼして居たよ。うちの家内はすべてを料理し過ぎるって。それをしょっちゅう聞かされて居たもんだからふいと出されたお前の生焼けの餅に妙に愛感を持たされてしまったんだ——。」

妻は夫の前から餅あみのかかって居る火鉢を抱え取って云った。

——もうお餅なんか焼かないで頂戴。たまにこんな事して貰うと、あなたなにを云い出すか判りはしない——。」

(妻はテレたんだな。)

と考えて夫は微笑しながら妻のいうなりにして居た。

# 牛鍋

森鷗外

鍋はぐつぐつ煮える。

牛肉の紅《くれない》は男のすばしこい箸《はし》で反《かえ》される。白くなった方が上になる。

斜に薄く切られた、ざくと云う名の葱《ねぎ》は、白い処が段々に黄いろくなって、褐色の汁の中へ沈む。

箸のすばしこい男は、三十前後であろう。晴着らしい印半纏《しるしばんてん》を着ている。傍《そば》に折鞄《おりかばん》が置いてある。

酒を飲んでは肉を反す。肉を反しては酒を飲む。

酒を注いで遣《や》る女がある。

男と同年位であろう。黒繻子《くろじゅす》の半衿《はんえり》の掛かった、縞《しま》の綿入に、余所行《よそゆき》の前掛をしている。

女の目は断えず男の顔に注がれている。永遠に渇しているような目である。

目の渇《かわき》は口の渇を忘れさせる。女は酒を飲まないのである。

箸のすばしこい男は、二三度反した肉の一切れを口に入れた。

丈夫な白い歯で旨《うま》そうに噬《か》んだ。

永遠に渇している目は動く腭《あご》に注がれている。

しかしこの腭に注がれているのは、この二つの目ばかりではない。目が今二つある。

今二つの目の主《ぬし》は七つか八つ位の娘である。無理に上げたようなお煙草盆《たばこぼん》に、小さい花簪《はなかんざし》を挿している。

白い手拭《てぬぐい》を畳んで膝《ひざ》の上に置いて、割箸を割って、手に持って待っているのである。

男が肉を三切《きれ》四切食った頃に、娘が箸を持った手を伸べて、一切れの肉を挟もうとした。男に遠慮がないのではない。そんならと云って男を憚《はばか》るとも見えない。

「待ちねえ。そりゃあまだ煮えていねえ。」

娘はおとなしく箸を持った手を引っ込めて、待っている。

永遠に渇している目には、娘の箸の空しく進んで空しく退いたのを見る程の余裕がない。

暫《しばら》くすると、男の箸は一切れの肉を自分の口に運んだ。それはさっき娘の箸の挟もうとした肉であった。

娘の目はまた男の顔に注がれた。その目の中には怨も怒もない。ただ驚がある。

永遠に渇している目には、四本の箸の悲しい競争を見る程の余裕がなかった。

女は最初自分の箸を割って、盃洗《はいせん》の中の猪口《ちょく》を挟んで男に遣った。箸はそのまま膳の縁に寄せ掛けてある。永遠に渇している目には、またこの箸を顧みる程の余裕がない。

娘は驚の目をいつまで男の顔に注いでいても、食べろとは云って貰《もら》われない。もう好い頃だと思って箸を出すと、その度毎に「そりゃ煮えていねえ」を繰り返される。

驚の目には怨も怒もない。しかし卵から出たばかりの雛《ひな》に穀物を啄《ついば》ませ、胎を離れたばかりの赤ん坊を何にでも吸い附かせる生活の本能は、驚の目の主《ぬし》にも動く。娘は箸を鍋から引かなくなった。

男のすばしこい箸が肉の一切れを口に運ぶ隙に、娘の箸は突然手近い肉の一切れを挟んで口に入れた。もうどの肉も好く煮えているのである。

少し煮え過ぎている位である。

男は鋭く切れた二皮目で、死んだ友達の一人娘の顔をちょいと見た。叱《しか》りはしないのである。

ただこれからは男のすばしこい箸が一層すばしこくなる。代りの生《なま》を鍋に運ぶ。運んでは反す。反しては食う。

しかし娘も黙って箸を動かす。驚の目は、ある目的に向って動く活動の目になって、それが暫らくも鍋を離れない。

大きな肉の切れは得られないでも、小さい切れは得られる。好く煮えたのは得られないでも、生煮えなのは得られる。肉は得られないでも、葱は得られる。

浅草公園に何とかいう、動物をいろいろ見せる処がある。名高い狒々《ひひ》のいた近辺に、母と子との猿を一しょに入れてある檻《おり》があって、その前には例の輪切《わぎり》にした薩摩芋《さつまいも》が置いてある。見物がその芋を竿《さお》の尖《さき》に突き刺して檻の格子の前に出すと、猿の母と子との間に悲しい争奪が始まる。芋が来れば、母の乳房を銜《ふく》んでいた子猿が、乳房を放して、珍らしい芋の方を取ろうとする。母猿もその芋を取ろうとする。子猿が母の腋《わき》を潜《くぐ》り、股《また》を潜り、背に乗り、頭に乗って取ろうとしても、芋は大抵母猿の手に落ちる。それでも四つに一つ、五つに一つは子猿の口にも入る。

母猿は争いはする。しかし芋がたまさか子猿の口に這入《はい》っても子猿を窘《いじ》めはしない。本能は存外醜悪でない。

箸のすばしこい本能の人は娘の親ではない。親でないのに、たまさか箸の運動に娘が成功しても叱りはしない。

人は猿よりも進化している。

四本の箸は、すばしこくなっている男の手と、すばしこくなろうとしている娘の手とに使役せられているのに、今二本の箸はとうとう動かずにしまった。

永遠に渇している目は、依然として男の顔に注がれている。世に苦味走ったという質《たち》の男の顔に注がれている。

一の本能は他の本能を犠牲にする。

こんな事は獣にもあろう。しかし獣よりは人に多いようである。

人は猿より進化している。

# 山羊料理

山之口貘《やまのくちばく》

この間、三十何年ぶりに、山羊の料理を食べた。三十何年前までは、ぼくはまだ郷里の沖縄にいたので、時々、山羊の料理を食べたのであったが、東京で山羊を食べる機会に恵まれたのは、こんどがはじめてなのであった。

実は、かねて、「フィージャー（山羊）会をするから、そのときは是非とも出席してもらいたい」と、ジャーナリストのT君からの話があった。ぼくの父も、山羊の料理が好きで、時々、母に命じてつくらせるのであったが、家中のものが、それをおいしく食べたことを覚えているのである。その料理は、いつもおんなじで、吸物なのであった。あの白いやわらかい皮や、肝や肉が、あばら骨などといっしょに、椀のなかにはいっていたが、うまいのは、なんと云っても、その塩味の利いた汁で、すすっては肝を食べ、すすってはあばらをしゃぶり、すすっては肉をつっつくのであったが、いつも、なかみよりは汁のおかわりをもらった。沖縄では、この山羊の料理をフィージャーグスイと云っているが、フィージャーは山羊のことで、グスイはクスイで、薬のことで、つまり、山羊の薬とまで云われているのである。育ちは、争えないもので、東京に住むようになってからも、時に、山羊料理を食べたくなって、少年のころをおもい出したりするのであるが、しかし、それは、山羊料理に限ったことではないのである。豚料理にしても、そうであって、沖縄出身のぼくなどにとっては、いまでは郷愁のようなものなのだ。

いつものように、池袋のコーヒー店で、ぼんやりしていると、T君から電話が来た。

「ウナ電したんですがね。なお、念のためにお電話したところです」

「電報ってまだ見てないんですが」

「実はですね。今日の六時から、例の話のフィージャー会があるんですよ」

「場所は?」

「ナハ亭」

「芳町のかね」ときくと、「そうそう、ナハ亭は新橋に引越しました。ですから、一応私のところに寄って下さい。御案内しますから」

「それで、会費は」ときくと、

「ぼくさんの場合は、要らんですよ」とのこと、まるで、ぼくのことをちゃんと飲みこんでの返事なのであるが、顔ぶれは、気のおけない連中ばかりで、同郷出身の先輩後輩の関係にあるもの二十人ぐらいとのことであり、持ち合わせのないままぼくはよろこんで出かけることにしたのである。

会場には、すでに幾人かの人達が来ていて、親泊興照《おやどまりこうしょう》さんも来ていた。親泊さんは、琉球舞踊のベテランで、沖縄での舞台生活は、四、五十年の経歴をもっているのである。現在、文部省に保管されている琉球舞踊の映画にも、紺地の絣《かすり》を着て「浜千鳥」を踊っているが、それは戦前、ＰＣＬが撮影した映画であるとかきいている。「浜千鳥」は、郷愁におそわれたりするとき、沖縄人なら誰もが口ずさむ筈の民謡であり、また、きいても郷愁をそそられるのである。かれは、一昨年の秋、琉球舞踊の芸術祭参加公演のため、沖縄からの文化使節団として、琉球舞踊団の幹部に加わり上京したが、そのまま東京に居残って、現在は、琉球舞踊のために尽している。ぼくは、沖縄にいたころから、個人的にも親泊興照さんを知っていて、その劇場にも、毎日というほど入りびたり、かれの「浜千鳥」を見ては、ひとりでその手真似をしてみたりして、舞踊に心をひかれないではいられなかった。それが病みつきで、いまでも、蛇皮線《じゃびせん》の音をきくと、じっとしてはいられなくなるのである。一昨年の芸術祭参加のときは、「つづみばやし」という舞踊に、男が二人だけ足りないというわけで、幹部の推せんにより在京の沖縄人から、画家の南風原《はえばる》朝光《ちょうこう》と、ぼくとが、舞台に立たされたが、それは親泊さんが、あのころからのぼくを知っていたからなのである。「つづみばやし」は、総出演の舞踊であるが、それには、男四人の道化役があって、そのなかの二人が南風原朝光とぼくとであった。ぼくらは、顔に墨のひげをつくり、頭には白布の鉢巻、支那服めいた黒い上衣に、白のももひき、足には白黒の縦縞の脚絆を巻きつけて、三月あそびの小さなつづみをたたきながら、舞台いっぱいに、曲りくねって、おどけの踊りを踊った。大へんな拍手を浴びたのであったから、まあそれほど、まずくはなかったのかも知れないのである。

「今日は久しぶりに、フィージャーグスイだね」席のあちらこちらで、山羊料理をたのしみに待っている話ごえがきこえた。それにしても、先程から、膳の上には、それらしいものが用意されているのである。長さ尺二、三寸、幅が七、八寸、深さが寸五分程には見える、内側が白で、外側がうす緑のセトびきの容器のなかに、うすく切った赤味をおびた山羊の肉が、いっぱい行儀よく詰められていて、それが、四つばかり膳の上に配られているのである。むろんそれらの肉は生のまんまである。ぼくは、それに眼を近づけながら、三十何年ぶりに食べる山羊料理は、まずそのすき焼からはじまるのかと、心のなかでつぶやいた。やがて、それぞれの前にはカクテルグラスが運ばれた。カクテルグラスには、並々と古酒らしい泡盛がつがれていて、その底にはさくらんぼが一つ沈んでいるのが美しかった。料亭のマダムが、末席の方で立ち上って、「さあ、みなさん、どうぞ召し上って下さいませ」と口を切った。みんなはちびりちびりと古酒を口にした。ぼくは、迷った。というのは、禁酒とまではいかないが、酒を中止してからすでに一年余りになっていたからなのである。おもい余ったが、何十年ぶりにおめにかかる山羊料理であってみれば、一杯ぐらいは、飲んでもよかろうと、ちびりちびりやり出したのである。永年の間、毎日飲んでいたところを、突然やめてしまって一年余りにもなったせいか、カクテルグラス一杯の古酒で、ものすごく顔が赤くなって来たのを覚えた。だがしかし、山羊の肉は、一向にすき焼になる気配さえなかった。第一、ガスの用意もなければ、鍋も出ていないのである。眼の前の山羊の肉より外には、別のつまみ物がないので、それをながめているだけで、ちびりちびりやっていたのである。すると、マダムが、また立ち上って、「どうぞみなさんお手をつけて下さいませ」と云ってから、「これは山羊の刺身でございますからどうぞ」と云った。座席は、急にざわめいて、「ほほう、刺身だったのか」と誰かがつぶやいたが、一斉に箸が動き出したのである。うまい。どんな風にうまいかは、ちょっとここに説明することはむずかしいけれども、ぼくは山羊のその刺身を食べながら、かつて、東京の友人にすすめられて食べたことのある馬の刺身をおもい出さずにはいられなかった。とは云っても、馬の刺身と山羊の刺身と、その味が似ているというのでもない。山羊は山羊、馬は馬と、それぞれ異った味を覚えるのであるが、結局のところ、どちらもうまいと云えるところが、共通しているからなのである。二十人ばかりの同郷人が集っていて、ついぞ、刺身とは気づかなかったのであるから、ぼくとおなじく、みんなも山羊の刺身ははじめてのことに違いなかったのである。

司会者のT君が立って挨拶をした。

「実は、こんど、Kさんが、わが社の○○委員に栄進されました。また、Mさんは地方から、○○副部長として本社に栄転されました。この方面の職についた同郷出身のなかでは、○○委員になったのも、○○副部長になったのも、こんどがはじめてでありまして、おふたりの祝賀のためにこの会を催しました」

ぼくは、はっとしないではいられなかったのである。山羊料理の会とばかりおもいこんで、馴れ合いの気持で誘われるまま列席はしたものの、会費の要る会であることが、はっきりしたからなのである。もっとも、人のよいT君が、ぼくのことを困らせていじめたりするために、わざわざ「会費は要りません」と云ったのではないのであろうが、ぼくはつい最近のこと、ある人がぼくについて書いた週刊誌のゴシップを読んだばかりのところで、そのゴシップによると、山之口貘という男は、若い詩人達の出版記念会に、いつでも会費なしで出席することの常習男と見られるような印象を受けたのであった。むろん、本人のぼくにしてみれば、必ずしもそうではないような気もするが、そういう風に見られがちな男であることは、ぼく自身も認めないとは云えないのである。それで、この日の会にも、会費を持たずに出席したということは、たとえT君が、要らないと云ったにしても、まるであのゴシップのなかの自分の姿を実証しているみたいなもので、自分ながら、それみたことかと、ひがんでしまったのである。そこへ、こんどは、山羊の吸物が湯気を立てながら運ばれて来た。みんなにとって、待望のフィージャーグスイなのである。席は、一際またざわめき出して、汁をすする音、あばらをしゃぶる音、あるいは洟《はな》をかむ音などが入り混って、にぎやかになり、やがて蛇皮線が鳴り出した。女の子がふたり、花笠を被り、紅型《びんがた》の衣裳を着て、四つ竹を鳴らして踊り、そのあとに、T君が、シャツにもももひきの恰好で、かれだけの踊りを踊った。蛇皮線の音をきいては、いつもなら必ず立って踊る筈のぼくなのだが、二、三ヵ月前からの肩の故障で、この日は指名を受けても踊れないもどかしさ。おまけに会費の一件は、次第にぼくの気持を複雑にしたのである。そのうちに、あちらに二、三人、こちらに二、三人、あるいは歌うもの笑うものと、座の雰囲気が乱れたころ、ではこのへんでと、司会者のT君が挨拶を述べたあとに付加えて云った。

「実は、みなさんに差し上げました案内状には、会費五百円としてあったのですが、マダムの厚意によりまして、この会のスポンサーを、マダムが引受けて下さることになりました。それで、会費はどうかそのままお持ち帰り願います」

みんなのからだが揺れながら、そのなかからおやおやとか、これはこれはとかの声が飛び出した。ぼくはみんなが、五百円の会費持参で集っていたのかとおもうと、憂欝であったが、みんなもまた、その会費を出さずに済んだのだとおもうと、ほっとして、どうやらいまさらのように山羊料理のうまさが舌によみがえって来たのである。

# 鶫《つぐみ》・鰒《ふぐ》・鴨など

徳田《とくだ》秋声《しゅうせい》

ある座談会で鰒《ふぐ》の作りが出て、ある人はこれを無上の美味だと讃美しながら食べていたが、幾皿かの鰒は、ほんのちょっとばかり箸をつけられたばかりで、殆んどそっくり残ってしまった。私も鰒をそれ程うまいと思わないので、箸をつけなかった。今歳の春頃だったか、何でも病気以前、古くから時々やって来る土佐の人に引張り出されて、築地辺のある家で、鰒の刺身を食べさせられたが、その時も硝子色に光っている鰒の肉に、少しも食慾を唆られなかった。私は少年の頃一度郷里の鰒を喰ったことがある。それは晩飯の膳に上った。母の手料理のお汁物の実として、単純な私の舌にもその旨いことはわかったが、何か無気味で、翌朝目がさめた時、中《あた》りもしなかったことが確かになり吻《ほっ》としたものであった。鰒を食って死んだ人の話を予《かね》て耳にしていたからである。福柳が博多で鰒を自身で料理して、雑物を食べて死んだ直後のことを何かの雑誌で読んだことがあるが、博多の人に聞くと、鰒で死ぬのは、そう珍らしくないということである。東京へ来る鰒は味が少しかわるくらい洗ったもので、万が一にも中毒する気遣いはないのだそうだが、私の二三片口にした感じからいうと、旨いといっても鳥魚《いか》の刺身ほどの味はないし、鰻やまた松魚《かつお》や鯛や海老ほどの繊細な味もないように思える。これは東京で口にした一片二片についての感じだから、確かなこともいえないが、幼時吸いものにして食べた鰒の味は、たしかに旨かったと思う。それにしてもどこか安ッぽいところがあって、美人は美人でも、唖の美人といった感じである。私の田舎には鰒の塩漬や糟漬もあって、不断に食べているが、これに中毒した話はまだ聞かないけれど、これもそう旨いものではない。私は鰒の形を考えるだけでも食欲が減退する。

私は十一月頃になると、よく鶫《つぐみ》の味を思い出す。この間星ヶ岡で何かの附合せで、鶫を四角い板のようにしたのを食べたが、味をつけ過ぎたせいか、それとも古いのか、鶫らしい味もしなかった。その翌日友人の別荘で、翠松園から取り寄せた支那料理の雀の煮込みも大した相違はなかった。といっても、どこかに鶫の香ばしさ細かさはあったが。

母が生きているあいだ、私から何も贈らないのに、毎年季節になると、腹綿をぬいた鶫の幾十羽かを、必ず送って来た。私は妻に毛を捲《む》しらせ、自身台所に立って料理し、羹《あつもの》にしたり、酒と醤油をつけて火に炙ったりして食べたものだが、後には妻に委《まか》せてしまった。人に贈っても、美《うま》さが幼い時から食べつけた私ほどにわからないと思ったから、分けるのが惜しまれた。しかし二年前郷里へ帰って、ちょうど霰《あられ》のふる時分だったので、何かというとこの鶫を食べさせられたが、以前ほどには賞美できなかった。鶫ばかりでなく私の義歯がいけないのか、それとも年を取って味覚が鈍って来たのか、何を食ってもそう美いと思うようなことはなくなった。

私はかつて痔の手術をして、病院にいたとき、お粥に梅干、生卵、沢庵ばかり食べていたが、手術後の味覚が白紙に返っていたので、その沢庵の美かったことを今だに忘れることは出来ない。勿論沢庵はいつでも美いが、その時は料理の本など読みながら、退院後自分でこういうものを作ってみよう、ああいうものを拵えてもらおうと、そんな事ばかり考えていたものだったが、今度病気になった時も一方糖尿病があるので、食物に制限があり、最初はオートミルとパンに麩、いり豆腐のようなものばかり食べていたが、そのうちクラッカアにチイズの味なども忘れがたいものになった。私はまた、ずっと以前真山青果氏に贈られたことのあるコルンスタアチのことを思い出して、それを食糧品店に求めさせた。昔しよりか大量製産になったと見えて、晒らしすぎるせいか、蜀黍《とうもろこし》特有の香味は少し薄くなっているが、蜀黍のスウプなどの好きな私には、これもまた飽きの来ない毎日の食物となった。今市中にあるコルンスタアチは朝鮮平壌の大工場で、盛んに製造されるものである。

蜀黍は米の少ない山村などでは、米の代用になっている処もあるらしいが、米の代用としては黍は勿論稗《ひえ》や粟のようなものもある。米は重苦しいから、是さえ食っていれば、日本精神の腹がすわるように考えられているが、私にはどうかと思われる。料亭などで、相当分量の御馳走に、菓子や果物まで食べたあとで、米の飯を腹へ詰めこまなければ、蟲が納まらぬという習慣も、考えてみれば、辻褄の合わない話である。支那料理の場合などは殊におかしいと思う。尤も私は三十代でひどい胃拡張にかかり、医師が洋行帰りの人であったためもあるが、米の飯は一切禁ぜられ、パンの味に昵むようになり、後五十近くになって糖尿病に罹り、この時も米の飯を禁じられた、という事情もあって、爾来《じらい》米は成るべく食べない習慣に馴らされて来たもので、どんな場合も米を食わなければ腹の蟲のおさまらない一般人を私流に律しようとするのは、無理かも知れないし、米の出来る土地に生れ育った日本人が、米を常食主食としているのに不思議はないかも知れない。但今後の日本人は、段々米を食わなくなるのではないかと云うことは考えられる。

秋の末になると、私はいつも鶫《つぐみ》の味を思い出す。私は所謂《いわゆ》る食通でもなければ、料理通でもない。それに好悪の厚薄はあっても、嫌いなものは殆ど一つもない。菓子が好きで、酒が嫌いということもない。呼吸病と糖尿病と胃腸病とに悪いから、酒は数年来一雫も口に入れないことにしているが、秋の季節になるとどうかした体の調子で、酒が二三杯飲みたいと思うことがある。二三杯呑んだ時の酒の味は忘られない。私は惣菜の煮物とか、焼肴とかには大抵醤油を酒で割って使う。時に御飯を食べながら、猪口に二三杯の酒を呑んでいた母の体質を受けついでもいるのであろう。ただ沢山呑めないだけである。だから私には好き嫌いはない。贅沢なものが食べたい方でもない。宴会などの贅沢な料理を食べていると、私の全体の調子と不釣合いのような気がして、そう美味くも食べられないのである。ただ家では私の気分に合ったようなものが食べたいと思うだけである。食物が荒っぽかったり、違ってつけてあったりすると、この人生が寂しく思われて来てならない。気分までが荒んで来るように思われる。

鶫は私の好きなものの中でも、尤も香ばしい細かな味をもっている。理想的な味とでも言うのであろう。昔し希臘《ギリシア》だったか羅馬《ローマ》だったかの名を思い出せないが、大政治家の一人は較々《やや》年を取ってから健康が衰えて来たが、医師は鶫を薬餌として食べることを勧めた。そこで鶫を貯蔵している、あるブルヂョウアに、それを預けてもらってはどうかと、医者が献言したが、彼はそれを潔しとしなかったので鶫を喰うことを断念したというのである。鶫にはそれだけの栄養価値があるものらしく、味もまだ上等なのである。母の生きているあいだ私は腹綿だけ抜き取った鶫の幾十羽かを、大抵十一月頃贈られた。鶫は信州や岐阜あたりにもあり、東京でも食べられないこともないが、捕り方がまずいのか、或いは古いせいか、私の田舎で食べる時ほどの香味がない。最近星ヶ岡でも食べたが、その前日友人の別荘で御馳走になった、翠松園出前の支那料理の雀の煮込みと、大した相違はなかった。といっても風味は自ら異っているが。

最近死んだ私より一廻り上の兄は、夏は少量の淡泊な食物を取って、体を痩せさせ、秋から冬へかけて鶫や鴫《しぎ》や野鴨のようなものを食べて、肉と脂肪をつけ寒さにこたえられるように体を作ることにしていたらしいが、鶫猟は老後体が閑散になってからの、道楽であった。

鶫や鴫や鴨は、都会の料理屋では、美く食べさせることを知っている料理屋が絶無といってもいい。甚だしいのは、野鴨を葱をつかってすき焼きにして食わせるのである。葱は鴨にはつかない。芹がつかないと物足りないが、これも私の幼時から養われた味感の習慣であろう。支那料理の方が、むしろ優《まし》のようである。私は元日の雑煮にはこの野鴨をつかうことにしているが、あの変な嗅みが好きである。あい鴨とは比べものにならない。

東京へは全国各地方の食料品が、市場に溢れるほど集って来る。必要以上に集まって来る。魚類などは後世子孫のこともおかまいなしに、捕れるだけ捕って金にしようとする。これも何うかと思う。

私はまた冬が来る毎に、子供の時分食べなじんだ、蕪《かぶ》としいらの鮨（麴づけ）鰤《ぶり》味噌のような、郷里における伝統的な食べもののことを、霰《あられ》ふる頃の北の国の情趣とともに思い浮べるのである。鰤味噌は酒の粕と糠のなかへ、鰤のあらを二三種の薬味と共に叩きこんで、大鍋で煮込んだもので、余り品のよいものではないが、旨いには旨いのである。

その他胡桃《くるみ》の飴だの、口子《くちこ》など……

こんな風土的な食べものの趣味は、映画、レヴイユ、ダンス、バア、喫茶店、酒場などとは凡そ縁の遠い代物である。都会の庖丁が、好い頭脳と冴えた技術とで作り出す、近代的な技巧の産物とも無論違うのである。勿論総ては頭脳から割り出された技術になって来ている。

# 川魚の記〈より〉

室生犀星《むろうさいせい》

ここに書きあつめたのは、予が故郷の犀川にいる魚ばかりである。予生来画癖《がへき》あるが故か魚が好きである。魚のいのちを思うのは予の心の幽遠を思うと同様である。こんど十年振りで郷里の川べりに住んでみて、魚のうつりかわりや生活を眺めているうち、ノオトに書きあつめたのが川魚の記となったのである。これらの川魚は国国によって名前が違うから、思い当たる読者があれば一興である。もとより予はファブルのような昆蟲研学の徒ではない。かかる徒爾《とじ》にして閑散な文字をつらねることの物好きから、益なき雑文をつづったのである。記して予が滞郷を記念するなどというものではないが、他日の思いを充たすこともあるだろうと考えたからである。

## うぐい

冬のあいだに、川料理をする家へ石斑魚《うぐい》をとりにやったら、三尾とも尾や鰭《ひれ》のところに二寸くらいの蛭《ひる》が吸いついていた。海苔のようにひらひらしている。なかにはあぎとにまで吸いついていて、哀れに思うた。蛭落し、――というのはこれかと思った。冬の間に川下のゴミゴミした粗朶《そだ》や蛇籠《じゃかご》や乱杭《らんぐい》のなかにかがみこんでいて、春になり雪解けを待っているうぐいに、田圃《たんぼ》川から流れた泥まみれの蛭が、泳ぎ澄んで物憂そうにしている肌に素早く吸いついてしまう。肉を裂いて食い入るこの蛭ときては中中離れない。うぐいにもそんな溌溂《はつらつ》たる勢いがなく、冬のあいだは、水のくらみにかがみ込んで、やはり春を待っているのだ。それゆえ蛭に吸いつかれたまま、永い冬越しをするのだ。

「かあいそうに。」

女どもはそう言って蛭をとるが、肉が破れている。大きいうぐいは一尺もある。利根川地方でくきだったか、ぎんぎゅうだったかよくおぼえないが、その一つの方の名前だ。鮎に似ているが顔付は下卑で、田圃川にいる魚類に肖《に》ている。肌は白くうろこは鮎よりも荒い。そして鮎よりもうとい。鮎よりも暗い気もちだ。ことに冬のあいだの、蛭に吸いつかれたままで生簀《いけす》にいる間は。――

が、犀川の上手の大日山脈の雪がとけはじめるころに、海ざかいにいるうぐいの腹に、いつの間にか朝焼けいろの朱いすじが二本、稲妻のように駛《はし》って、尾の尖端にまで閃めいている。そのころになると埃ぽいうす暗い魚洞から出て、瀬すじに向う。雪とけのささ濁りしたとうとうたる川すじの冷たい荒砥《あらと》の上で、ごりごりと肌をとぐのだ。蛭はすぐ落ちてしまう。そして一日に一里くらい、ずんずん登るのだ。肌の朱い線はいよいよ濃く、ときには凄艶なほど美しくなる。あんなに野卑な顔付きの中に勇ましい色がただよう。——市中は李の花や桜や梅や早咲きの桃などで飾られ、一時に春がやってくるころである。橋の上にゆききする人もきのうの煤《すす》ばんだ着付ではない。やさしい素足のかげさえ流れが早いために映りはせぬが、なまめかしい。

そのころをさくら石斑魚《うぐい》という。一番うまい季節である。さしみは鯉のあらいのようにしぼる。ちぢれた肌身は冷たくあまい。しゃりしゃりする。輪に切ってみそじる、味噌附けて焼いてみそ焼、唐辛《とうがらし》をちらつかせることは田舎の優しい風情、箸立てて思うは山山の残雪でなければ、桃李を雑《まじ》えた川ぶちの景色もその一つである。が、お腹のお子さんの朱いのに、何か哀れをさそわれる。子供はお子さんというのだが……そのお子さんはほろほろと優しく箸のさきにこぼれて美味《うま》い。——たった一軒、犀川には鮴《ごり》屋という川料理屋がさびしく橋の袂に川魚をひさいでいる。冬は川千鳥に、夏は河鹿というきまり文句の、そこの料理もちょっと悪くはない。——釣り人はたいがいみみずか、川原の砂にいる黄《きい》ろいことこと蟲で釣る。竿のさきには餌をぐいと引くと合図の鈴がつき、糸がぐるぐる円をえがいたら、ぐいぐいあげろ——それも瀬の荒い深みの溜ったところに。——やはり川柳の芽ぐむころである。わたしは釣ったことはないが、まず一日に三四本ぐらいに過ぎないが、大きいので一尺、あるいは七八寸くらいあって楽しいそうだ。ただわたしの好むのは、肌にある朝焼けのいろが焼いてもおつゆにしても剥げないで、こっくりといい色をしているところ、そして肌は女性的で、鮎のような少女少女しないで思い切って肥ったところがそうわるくはない。鯉《こい》のからだはむっと来るが、鮎はすうとする。このうぐいはそのどちらでもなく、しっかりと最《も》うからだができているようなところにある。それでいて細身で、川魚らしい内気さがある。

蛭の吸いついているのを落して登るのは、小気味よくていい。春さきの小鳥が海べりの松林へ群れ、あぶらがかかり過ぎると砂を食う。そして瘠せてからだを軽くする。それとどこか似ているような気がする。——うぐいはいぐいの転語だと言海にかいてある。

# 鰻に呪われた男

岡本綺堂《おかもときどう》

## 一

「わたくしはこの温泉へ三十七年つづけて参ります。いろいろの都合で宿は二度ほど換えましたが、ともかくも毎年かならず一度はまいります。この宿へは震災前から十四年ほど続けて来ております。」

瘦形《やせがた》で上品な田宮夫人はつつましやかに話し出した。田宮夫人がこの温泉宿の長い馴染客であることは、私もかねて知っていた。実は夫人の甥にあたる某大学生が日頃わたしの家へ出入りしている関係上、Uの温泉場では××屋という宿が閑静で、客あつかいも親切であるということを聞かされて、私もふとここへくる気になったのである。

来てみると、私からは別に頼んだわけでもなかったが、その学生から前以《もっ》て私の来ることを通知してあったとみえて、××屋では初対面の私を案外に丁寧に取扱って、奥まった二階の座敷へ案内してくれた。川の音がすこしお邪魔になるかも知れませんが、騒ぐようなお客様はこちらへはご案内いたしませんから、お静かでございますと、番頭はいった。

「はい、田宮の奥さんには長いことご贔屓《ひいき》になっております。一年に二三回、かならず一回はかかさずにお出でになります。まことにお静かな、よいお方で……。」と、番頭は更に話して聞かせた。

どこの温泉場へ行っても、川の音は大抵付物である。それさえ嫌わなければ、この座敷は番頭のいう通り、たしかに閑静であるに相違ないと私は思った。時は五月のはじめで、川をへだてた向う岸の山々は青葉に埋められていた。東京ではさほどにも思わない馬酔木《あせぼ》の若葉の紅く美しいのが、わたしの目を喜ばせた。山の裾には胡蝶花《しゃが》が一面に咲きみだれて、その名のごとく胡蝶の群がっているようにも見えた。川では蛙の声もきこえた。六月になると、河鹿《かじか》も啼くとのことであった。

私はここに三週間ほどを静かに愉快に送ったが、そういつまで遊んでもいられないので、二三日の後には引揚げようかと思って、そろそろ帰り支度に取りかかっている所へ、田宮夫人が来た。夫人はいつも下座敷の奥へ通される事になっているそうで、二階のわたしとは縁の遠いところに荷物を持ち込んだ。

しかし私がここに滞在していることは、甥からも聞き、宿の番頭からも聞いたとみえて、着いて間もなく私の座敷へも挨拶にきた。男と女とはいいながら、どちらも老人同士であるからさのみ遠慮するにも及ばないと思ったので、わたしもその座敷へ答礼に行って、二十分ほど話して帰った。

わたしが明日はいよいよ帰るという前日の夕方に、田宮夫人は再びわたしの座敷へ挨拶に来た。

「明日はお立ちになりますそうで……。」

それを口切りに、夫人は暫らく話していた。入梅《にゅうばい》にはまだ半月以上も間があるというのに、ここらの山の町はしめっぽい空気に閉じこめられて、昼でも山の色が陰《くも》ってみえるので、このごろの夏の日が秋のように早く暮れかかった。

田宮夫人は今年五十六七歳で、二十歳《はたち》の春に一度結婚したが、なにかの事情のために間もなくその夫に引きわかれて、それ以来三十余年を独身で暮らしている。わたしの家へ出入りする学生は夫人の妹の次男で、ゆくゆくは田宮家の相続人となって、伯母の夫人を母と呼ぶことになるらしい。その学生がかつてこんなことを話した。

「伯母は結婚後一週間目とかに、夫がゆくえ不明になって仕舞ったのだそうで、それから何と感じたのか、二度の夫を持たないことに決めたのだということです。それについては深い秘密があるのでしょうが、伯母は決して口外したことはありません。僕の母は薄々その事情を知っているのでしょうが、これも僕達にむかっては何にも話したことはありませんから、一切わかりません。」

わたしは夫人の若いときを知らないが、今から察して、彼女の若盛りには人並以上の美貌の持主であったことは、容易に想像されるのである。その上に相当の教養もある、家庭も裕福であるらしい。その夫人が人生の春をすべてなげうち去って、今日まで悲しい独身生活を送って来たには、よほどの深い事情が潜んでいなければならない。今もそれを考えながら、わたしは夫人と向い合っていた。

絶え間なしに響く水の音のあいだに、蛙の声もみだれて聞える。わたしは表をみかえりながらいった。

「蛙がよく泣きますね。」

「はあ。それでも以前から見ますと、よほど少なくなりました。以前はずいぶんそうぞうしくて、水の音よりも蛙の声の方が邪魔になるくらいでございました。」

「そうですか。ここらも年々繁昌するに連れて、だんだんに開けてきたでしょうからな。」と、私はうなずいた。「この川の上《かみ》の方へ行きますと、岩の上で釣っている人を時々に見かけますが、山女《やまめ》を釣るんだそうですな。これも宿の人の話によると、以前はなかなかよく釣れたが、近年はだんだんに釣れなくなったということでした。」

何ごころなくこういった時に、夫人の顔色のすこしく動いたのが、薄暗いなかでも私の目についた。

「まったく以前は山女がたくさんに棲んでいたようでしたが、川の両側へ人家が建ちつづいてきたので、このごろはさっぱり捕れなくなったそうです。」と、夫人はやがて静かにいい出した。

「山女のほかに、大きい鰻もずいぶん捕れましたが、それもこのごろは捕れないそうです。」

こんな話はめずらしくない。どこの温泉場でも滞在客のあいだにしばしば繰返される、退屈凌《しの》ぎの普通平凡の会話に過ぎないのであるが、その普通平凡の話が端緒となって、わたしは田宮夫人の口から決して平凡ならざる一種の昔話を聞かされることになったのである。

他人はもちろん、肉親の甥にすらもかつて洩らさなかった過去の秘密を、夫人はどうして私にのみ洩らしたのか。その事情を詳しくここで説明していると、この物語の前おきが余りに長くなるおそれがあるから、それらは一切省略して、すぐに本題に入ることにする。その積りで読んでもらいたい。

夫人の話はこうである。

二

わたくしは十九の春に女学校を卒業いたしました。それは明治二十八年――日清戦争の終ったころでございました。その年の五月に、わたくしは親戚の者に連れられて、初めてこのUの温泉場へまいりました。

ご承知でもございましょうが、この温泉が今日のように、世間に広く知られるようになりましたのは、日清戦争以後のことで、戦争の当時陸軍の負傷兵をここへ送って来ましたので、あの湯は切創《きりきず》その他に特効があるという噂が俄《にわ》かに広まったのでございます。それと同時に、その負傷兵を見舞の人たちも続々ここへ集まって来ましたので、いよいよ温泉の名が高くなりました。わたくしが初めてここへ参りましたのも、やはり負傷の軍人を見舞のためでした。

わたくしの家で平素からご懇意にしている、松島さんという家の息子さんが一年志願兵の少尉で出征しまして、負傷のために満州の戦地から後送されて、ここの温泉で療養中でありましたので、わたくしの家からも誰か一度お見舞に行かなければならないというのでしたが、父は会社の用が忙がしく、あいにくに母は病気、ほかに行く者もありませんので、親戚の者が行くというのを幸いに、わたくしも一緒に付いて来ることになったのでございます。

人間の事というものは不思議なもので、その時にわたくしがここへ参りませんでしたら、わたくしの一生の運命もよほど変ったことになっていたであろうと思われます。もちろんその当時はそんなことを夢にも考えようはずもなく、殊に一種の戦争熱に浮かされて、女のわたくし共までが、やれ恤兵《じゅっぺい》とか慰問とか夢中になって騒ぎ立てている時節でしたから、負傷の軍人を見舞のためにUの温泉場へ出かけて行くなどということを、むしろ喜んでいたくらいでした。

今日と違いまして、その当時ここまで参りますのは、かなりに不便でございましたが、途中のことなど詳しく申上げる必要もございません。ここへ着いて、まず相当の宿を取りまして、その翌日に松島さんをお見舞に行きました。お菓子や煙草やハンカチーフなどをお土産に持って行きまして、松島さんばかりでなく、ほかの人達にも分けて上げますと、どなたも大層嬉しがっておいででした。わたくし共はもうひと晩ここに泊って、あくる朝に帰る予定でしたから、その日は自分たちの宿屋へ引揚げて、風呂にはいって休息しましたが、初夏の日はなかなか長いので、夕方から連れの人たちと一緒に散歩に出ました。連れというのは、親戚の夫婦でございます。

三人は川伝いに、爪先《つまさき》あがりの狭い道を辿ってきました。町の様子はその後よほど変りましたが、山の色、水の音、それは今もむかしも余り変りません。先刻も申す通り、ただ騒々しいのは蛙の声でございました。わたくし共は何を見るともなしに、ぶらぶらと歩いて行くうちに、いつか人家のとぎれた川端へ出ました。岸には芒《すすき》や芦《あし》の葉が青く繁っていて、岩にせかれてむせび落ちる流れの音が、ここらはひとしお高くきこえます。その川のなかゆう日はもう山のかげに隠れていましたが、川の上はまだ明るいのです。その川のなかの大きい岩の上に、二人の男の影がみえました。それが負傷兵であることは、その白い服装をみてすぐに判りました。ふたりは釣竿を持っているのです。負傷も大抵全快したので、このごろは外出を許されて、退屈凌ぎに山女を釣りに出るという話を、松島さんから聞かされているので、この人達もやはりそのお仲間であろうと想像しながら、わたくし共も暫らく立ちどまって眺めていますと、やがてその一人が振返って岸の方を見あげました。

「やあ。」

それは松島さんでした。

「釣れますか。」

こちらから声をかけると、松島さんは笑いながら首を振りました。

「釣れません。さかなの泳いでいるのは見えていながら、なかなか餌に食いつきませんよ。水があんまり澄んでいるせいですな。」

それでも全然釣れないのではない。さっきから二ひきほど釣ったといって、松島さんは岸の方へ引返して来て、ブリキの缶のなかから大小の魚をつかみ出して見せてくれたので、親戚の者もわたくしも覗いていました。

その時、わたくしは更に不思議なことを見ました。それがこのお話の眼目ですから、よくお聞きください。松島さんがわたくし共と話しているあいだに、もう一人の男の人、その人の針には頻《しき》りに魚がかかりまして、見ているうちに三尾ほど釣り上げたらしいのです。ただそれだけならば別に仔細はありませんが、わたくしが松島さんの缶をのぞいて、それからふと――まったく何心なしに川の方へ眼をやると、その男の人は一尾の蛇のような長い魚――おそらく鰻でしたろう。それを釣りあげて、手早く針からはずしたかと思うと、ちょっとあたりを見かえって、たちまちに生きたままでむしゃむしゃと喰べてしまったのです。たとい鰻にしても、やがて一尺もあろうかと思われる魚を、生きたままで喰べるとは……。わたくしはなんだかぞっとしました。

それを見付けたのは私だけで、松島さんも親戚の夫婦の話の方に気を取られていて、一向に覚《さと》らなかったらしいのです。鰻をたべた人はまたつづけて釣針をおろしていました。それから松島さんと二言三言お話をして、わたくしどもはそのまま別れて自分の宿へ帰りましたが、生きた鰻をたべた人のことを私は誰にも話しませんでした。その頃のわたくしは年も若いし、かなりにお転婆のおしゃべりの方でしたが、そんなことを口へ出すのも何だか気味が悪いような気がしましたので、ついそれぎりにしてしまったのでございます。

あくる朝ここを立つときに、再び松島さんのところへ尋ねてゆきますと、松島さんの部屋には同じ少尉の負傷者が同宿していました。きのうは外出でもしていたのか、その一人のすがたは見えなかったのですが、きょうは二人とも顔を揃えていて、しかもその一人はきのうの夕方松島さんと一緒に川のなかで釣っていた人、即ち生きた鰻をたべた人であったので、わたくしはまたぎょっとしました。しかしよく見ると、この人も多分一年志願兵でしょう。松島さんも人品の悪くない方ですが、これは更に上品な風采をそなえた人で、色の浅黒い、眼つきの優しい、いわゆる貴公子然たる人柄で、はきはきした物言いのうちに一種の柔か味を含んでいて……。いえ、いい年をしてこんな事を申上げるのもお恥かしゅうございますから、まずいい加減にいたしておきますが、ともかくもこの人が蛇のような鰻を生きたまま喰べるなどとは、まったく思いも付かないことでございました。

先方ではわたくしに見られたことを覚らないらしく、平気で元気よく話していましたが、わたくしの方ではやはり何だか気味の悪いような心持でしたから、時々にその人の顔をぬすみみるぐらいのことで、始終うつむき勝に黙っていました。

わたくし共はそれから無事に東京へ帰りました。両親や妹にむかって、松島さんのことやUの温泉場のことや、それらは随分詳しく話して聞かせましたが、生きた鰻をたべた人のことだけはやはり誰にも話しませんでした。おしゃべりの私がなぜそれを秘密にしていたのか、自分にもよく判りませんが、だんだん考えてみると、単に気味が悪いというばかりでなく、そんなことを無暗に吹聴するのは、その人に対して何だか気の毒なように思われたらしいのです。気の毒なように思うという事――それはもう一つ煎じ詰めると、どうも自分の口からはお話が致しにくい事になります。まず大抵はお察しください。

それからひと月ほど過ぎまして、六月はじめの朝でございました。ひとりの男がわたくしの家へたずねて来ました。その名刺に浅井秋夫とあるのを見て、わたくしはまたはっとしました。Uの温泉場で松島さんに紹介されて、すでにその姓名を知っていたからです。浅井さんはまずわたくしの父母に逢い、更にわたくしに逢って、先日見舞に来てくれた礼を述べました。

「松島君ももう全快したのですが、十日ほど遅れて帰京することになります。ついては、君がひと足先へ帰るならば、宮田さんを一度おたずね申して、先日のお礼をよくいっておいてくれと頼まれました。」

「それは御丁寧に恐れ入ります。」

父も喜んで挨拶していました。それから戦地の話などいろいろあって、浅井さんは一時間あまり後に帰りました。帰ったあとで、浅井さんの評判は悪くありませんでした。父は中々しっかりしている人物だといっていました。母は人品のいい人だなどと褒めていました。それにつけても、生きた鰻をたべたなどという話をしておかないでよかったと、わたくしは心のうちで思いました。

十日ほどの後に、松島さんは果して帰って来ました。そんなことはくだくだしく申上げるまでもありませんが、それからまたふた月ほども過ぎた後に、松島さんがお母さん同道でたずねて来て、思いもよらない話を持ち出しました。浅井さんがわたくしと結婚したいというのでございます。今から思えば、わたくしの行く手に暗い影がだんだん拡がってくるのでした。

三

松島さんは、まだ年が若いので、自分ひとりで縁談の掛合いなどに来ては信用が薄いという懸念から、お母さん同道で来たらしいのです。そこで、お母さんの話によると、浅井さんの兄さんは帝大卒業の工学士で、ある会社で相当の地位を占めている。浅井さんは次男で、私立学校を卒業の後、これもある会社に勤めていたのですが、一年志願兵の少尉である関係上、今度の戦争に出征することになったのですから、帰京の後は元の会社へ再勤することは勿論で、現に先月から出勤しているというのです。

わたくしの家には男の児が無く、姉娘のわたくしと妹の伊佐子との二人ぎりでございますから、順序として妹が他に縁付き、姉のわたくしが婿をとらなければなりません。その事情は松島さんの方でもよく知っているので、浅井さんは幸い次男であるから、都合によって養子に行ってもいいというのでした。すぐに返事の出来る問題ではありませんから、両親もいずれ改めて御返事をすると挨拶して、一旦松島さんの親子を帰しましたが、先日の初対面で評判のいい浅井さんから縁談を申込まれたのですから、父も母もよほど気乗りがしているようでした。

　こうなると、結局はわたくしの料簡《りょうけん》次第で、この問題が決着するわけでございます。母もわたくしに向っていいました。

「お前さえ承知ならば、わたし達には別に異存はありませんから、よく考えて御覧なさい。」

　勿論、よく考えなければならない問題ですが、実を申すと、その当時のわたくしにはよく考える余裕もなく、すぐにも承知の返事をしたい位でございました。

　生きた鰻を食った男――それをお前は忘れたかと、こう仰しゃる方もありましょう。わたくしも決して忘れてはいません。その証拠には、その晩こんな怪しい夢をみました。

　場所はどこだか判りませんが、大きい俎板《まないた》の上にわたくしが身を横たえていました。わたくしは鰻になったのでございます。鰻屋の職人らしい、印半纏《しるしばんてん》を着た片眼の男が手に針か錐《きり》のようなものを持って、わたくしの眼を突き刺そうとしています。しょせん逃れぬところと観念していますと、不意にその男を押退《おしの》けて、またひとりの男があらわれました。それはまさしく浅井さんと見ましたから、わたくしは思わず叫びました。

「浅井さん。助けてください。」

　浅井さんは返事もしないで、いきなり私を引っ掴んで自分の口へ入れようとするのです。わたくしは再び悲鳴をあげました。

「浅井さん。助けて下さい。」

これで夢が醒めると、わたくしの枕はぬれる程にひや汗をかいていました。やはり例のうなぎの一件がわたくしの頭の奥に根強く刻み付けられていて、今度の縁談を聞くと同時にこんな悪夢がわたくしを脅かしたものと察せられます。それを思うと、浅井さんと結婚することが何だか不安のようにも感じられて来たので、わたくしは夜のあけるまで碌々《ろくろく》眠らずに、いろいろのことを考えていました。

しかし夜が明けて、青々とした朝の空を仰ぎますと、ゆうべの不安はぬぐったように消えてしまいました。鰻のことなどを気にしているから、そんないやな夢をみたので、ほかに仔細も理屈もある筈がないと、私はさっぱり思い直して、努めて元気のいい顔をして両親の前に出ました。こう申せば、大抵御推量になるでしょう。わたくしの縁談はそれからすべるように順調に進行したのでございます。

ただひとつの故障は、平生《へいぜい》から病身の母がその秋から再び病床につきましたのと、わたくしが今年は十九の厄年――その頃はまだそんなことをいう習慣が去りませんでしたので、かたがた来年の春まで延期ということになりまして、その翌年の四月の末にいよいよ結婚式を挙げることになりました。勿論それまでには私の方でもよく先方の身もとを取調べまして、浅井の兄さんは夏夫といって某会社で相当の地位を占めていること、夏夫さんには奥さんも子供もある事、また本人の浅井秋夫も品行方正で、これまで悪い噂もなかったこと、それ等は十分に念を入れて調査した上で、わたくしの家へ養子として迎い入れることに決定致したのでございます。

そこで、結婚式もとどこおりなく済まして、わたくし共夫婦は新婚旅行ということになりました。その行く先はどこがよかろうと評議の末に、やはり思い出の多いUの温泉場へゆくことに決めました。思い出の多い温泉場――このUの町はまったく私に取って思い出の多い土地になってしまいました。しかしその当時は新婚の楽しさが胸一ぱいで、なんにも考えているような余裕もなく、春風を追う蝶のような心持で、わたくしは夫と共にここへ飛んで参ったのでございます。そのときの宿はここではありません。もう少し川下の方の〇〇屋という旅館でございました。時候はやはり五月のはじめで、同じことを毎度申すようですが、川の岸では蛙がそうぞうしく啼いていました。

滞在は一週間の予定で、その三日目の午後、やはり今日のように陰っている日でございました。午前中は近所を散歩しまして、午後は川にむかった二階座敷に閉じ籠って、水の音と蛙の声をききながら、新夫婦が仲よく話していました。そのうちにふとみると、どこかの宿屋の印半纏を着た男が小さい叉手網《さであみ》を持って、川のなかの岩から岩へと渡りあるきながら、何か魚をすくっているらしいのです。

「なにか魚を捕っています。」と、わたくしは川を指さしていいました。「やっぱり山女でしょうか。」

「そうだろうね。」と、夫は笑いながら答えました。「ここらの川には鮎もいない、鮠《はや》もいない。山女と鰻ぐらいのものだ。」

鰻――それがわたくしの頭にピンと響くように聞えました。

「うなぎは大きいのがいますか。」と、わたくしは何げなくききました。

「あんまり大きいのもいないようだね。」

「あなたも去年お釣りになって……。」

「うむ。二三度釣ったことがあるよ。」

ここで黙っていればよかったのでした。鰻のことなぞは永久に黙っていればよかったのですが、年の若いおしゃべりの私はついうっかりと飛んだことを口走ってしまいました。

「あなた、その鰻をどうなすって……。」

「小さな鰻だもの、仕様がない。そのまま川へ抛《ほう》り込んでしまったのさ。」

「一ぴきぐらいは喰べたでしょう。」

「いや、食わない。」

「いいえ、喰べたでしょう。生きたままで……。」

「冗談いっちゃいけない。」

夫は聞き流すように笑っていましたが、その眼の異様に光ったのが私の注意をひきました。その一刹那《せつな》に、ああ悪いことをいったなと、わたくしも急に気がつきました。結婚後まだ幾日も経たない夫にむかって、迂闊《うかつ》にこんなことをいい出したのは、確かにわたくしが悪かったのです。しかし私として見れば、去年以来この一件が絶えず疑問の種になっているので、この機会にそれをいい出して、夫の口から相当の説明をきかして貰いたかったのでございます。

口では笑っていても、その眼色のよくないのを見て、夫が不機嫌であることを私も直ぐに察しましたので、鰻については再びなんにもいいませんでした。夫も別に弁解らしいことをいいませんでした。それからお茶をいれて、お菓子なぞを喰べて、相変らず仲よく話しているうちに、夏の日もやがて暮れかかって、川向うの山々のわか葉も薄黒くなって来ました。それでも夕御飯までには間があるので、わたくしは二階を降りて風呂へ行きました。

そんな長湯をした積りでもなかったのですが、風呂の番頭さんに背中を流して貰ったり、湯あがりのお化粧をしたりして、かれこれ三十分ほどの後に自分の座敷へ戻って来ますと、夫の姿はそこに見えません。女中にきくと、おひとりで散歩にお出かけになったようですという。私もそんなことだろうと思って、別に気にも留めずにいましたが、それから一時間も経って、女中が夕御飯のお膳を運んで来る時分になっても、夫はまだ帰って来ないのでございます。

「どこへ行くとも断わって出ませんでしたか。」

「いいえ、別に……。ただステッキを持って、ふらりとお出かけになりました。」と、女中は答えました。それでも帳場へは何か断わって行ったかも知れないというので、女中は念のために聞き合せに行ってくれましたが、帳場でも何にも知らないというのです。それから一時間を過ぎ、二時間を過ぎ、やがて夜も九時に近い時刻になっても、夫はまだ戻って来ないのです。こうなると、いよいよ不安心になって来ましたので、わたくしは帳場へ行って相談しますと、帳場でも一緒になって心配してくれました。温泉宿に来ている男の客が散歩に出て、二時間や三時間帰らないからといって、さのみの大事件でもないのでしょうが、わたくし共が新婚の夫婦連れであるらしいことは宿でも承知していますので、特別に同情してくれたのでしょう、宿の男ふたりに提灯を持たせて川の上下へ分かれて、探しに出ることになりました。わたくしも落付いてはいられませんので、ひとりの男と連れ立って川下の方へ出て行きました。

その晩の情景は今でもありありと覚えています。その頃はここらの土地もさびしいので、比較的に開けている川下の町家の灯も、黒い山々の裾に沈んで、その暗い底に水の音が物すごいように響いています。昼から曇っていた大空はいよいよ低くなって、霧のような細かい雨が降って来ました。

捜索は結局無効に終りました。川上へ探しに出た宿の男もむなしく帰って来ました。宿からは改めて土地の駐在所へも届けて出ました。夜はおいおいに更けて来ましたが、それでもまだどこからか帰って来るかも知れないと、わたくしは女中の敷いてくれた寝床の上に座って、肌寒い一夜を眠らずに明かしました。

散歩に出た途中で、偶然に知人に行き逢って、その宿屋へでも連れ込まれて、夜の更けるまで話してでもいるのかと、最初はよもやに引かされていたのですが、そんな事が空頼みであるのはもう判りました。わたくしは途方に暮れてしまいまして、ともかくも電報で東京へ知らせてやりますと、父もおどろいて駈け付けました。兄の夏夫さんも松島さんも来てくれました。

それにしても、なにか心当りはないか。――これはどの人からも出る質問ですが、わたくしには何とも返事が出来ないのでございます。心当りのないことはありません。それは例のうなぎの一件で、わたくしがそれを迂闊に口走ったために、夫は姿をくらましたのであろうと想像されるのですが、二度とそれを口へ出すのは何分怖ろしいような気がしますので、わたくしは決してそれを洩らしませんでした。東京から来た人達もいろいろに手を尽して捜索に努めてくれましたが、夫のゆくえは遂に知れませんでした。もしや夕闇に足を踏みはずして川のなかへ墜落したのではないかと、川の上下をくまなく捜索しましたが、どこにもその死骸は見当りませんでした。

わたくしは夢のような心持で東京へ帰りました。

四

生きた鰻をたべたという、その秘密を新婚の妻に覚られたとしたら、若い夫として恥かしいことであるかも知れません。それは無理もないとして、それがために自分のすがたを隠してしまうというのは、どうも判り兼ねます。殊にどちらかといえば快濶な夫の性格として、そんな事はありそうに思えないのでございます。ましてその事情を夢にも知らない親類や両親達が、ただ不思議がっているのも無理はありません。

「突然発狂したのではないか。」と、父はいっていました。

兄の夏夫さんも非常に心配してくれまして、その後も出来るかぎりの手段を尽して捜索したのですが、やはり無効でございました。その当座はどの人にも未練があって、きょうはどこからか便りがあるか、あすはふらりと帰って来るかと、そんなことばかりいい暮らしていたのですが、それもふた月と過ぎ、三月と過ぎ、半年と過ぎてしまっては、諦められないながらも諦めるの外はありません。その年も暮れて、わたくしが二十一の春四月、夫がゆくえ不明になってから丸一年になりますので、兄の方から改めて離縁の相談がありました。年の若いわたくしをいつまでもそのままにしておくのは気の毒だというのでございます。しかしわたくしは断わりました。まあ、もう少し待ってくれといって——。待っていて、どうなるか判りませんが、本人の死んだのでない以上、いつかはその便りが知れるだろうと思ったからでございます。

それからまた一年あまり経ちまして、果して夫の便りが知れました。わたくしが二十二の年の十月末でございます。ある日の夕方、松島さんがあわただしく駈け込んで来まして、こんなことを話しました。

「秋夫君の居どころが知れましたよ。本人は名乗りませんけれども、確かにそれに相違ないと思うんです。」

「して、どこにいました。」と、わたくしも慌ててききました。

「実は今日の午後に、よんどころない葬式があって北千住の寺まで出かけまして、その帰り途に三四人連れで千住の通りを来かかると、路ばたの鰻屋の店先で鰻を割いている男がある。何ごころなくのぞいてみると、印半纏を着ているその職人が秋夫君なんです。尤も左の眼は潰れていましたが、その顔はたしかに秋夫君で、右の耳の下に小さい疵《きず》のあるのが証拠です。わたしは直ぐに店にはいって行って、不意に秋夫君と声をかけると、その男はびっくりしたように私の顔を眺めていましたが、やがてぶっきら棒に、そりゃあ人違いだ、わたしはそんな人じゃあないといったままで、ずっと奥へはいってしまいました。何分ほかにも連れがあるので、一旦はそのまま帰って来ましたが、どう考えても秋夫君に相違ないと思われますから、取りあえずお知らせに来たんです。」

松島さんがそういう以上、おそらく間違いはあるまい。殊にうなぎ屋の店で見付けたということが、わたくしの注意をひきました。もう日が暮れかかっているのですが、あしたまで待ってはいられません。わたくしは両親とも相談の上で、松島さんと二台の人車《くるま》をつらねて、直ぐに北千住へ出向きました。途中で日が暮れてしまいまして、大橋を渡る頃には木枯しとでもいいそうな寒い風が吹き出しました。松島さんに案内されて、その鰻屋へたずねて行きますと、その職人は新吉という男で五六日前からここの店へ雇われて来たのだそうです。もう少し前に近所の湯屋へ出て行ったから、やがて帰って来るだろうといいますので、暫らくそこに待合せていましたが、なかなか帰って参りません。

なんだかまた不安になって来ましたので、出前持の小僧を頼んで湯屋へ見せにやりますと、今夜はまだ来ないというのでございます。

「逃げたな。」と、松島さんは舌打ちしました。わたくしも泣きたくなりました。

もう疑うまでもありません。松島さんに見付けられたので、すぐに姿を隠したに相違ありません。こうと知ったらばさっき無理にも取押えるのであったものをと、松島さんは足摺《あしず》りをして悔みましたが、今更どうにもならないのです。

それにしても、ここの店の雇人である以上、主人はその身もとを知っている筈でもあり、また相当の身許引受人もあるはずです。松島さんはまずそれを詮議しますと、鰻屋の亭主は頭をかいて、実はまだよくその身もとを知らないというのです。今まで雇っていた職人は酒の上の悪い男で、五六日前に何か主人といい合った末に、無断でどこへか立去ってしまったのだそうです。すると、その翌日、片眼の男がふらりと尋ねて来て、こちらでは職人がいなくなったそうだが、その代りに私を雇ってくれないかという。こっちでも困っている所なので、ともかくも承知して使ってみるとなかなかよく働く。名は新吉という。何分にも目見得《めみえ》中の奉公人で、給金もまだ本当に取決めていない位であるから、その身許などを詮議している暇もなかったというのです。それを聞いて、わたくしはがっかりしてしまいました。松島さんもいよいよ残念がりましたが、どうにもしようがありません。二人は寒い風に吹かれながらすごすごと帰って来ました。

しかしこれで浅井秋夫という人間がまだこの世に生きているということだけは確かめられましたので、わたくし共も少しく力を得たような心持にもなりました。生きている以上は、また逢われないこともない。一旦は姿をかくしても、再び元の店へ立戻って来ないとも限らない。こう思って、その後も毎月一度ずつは北千住の鰻屋へ聞き合せに行きましたが、片眼の職人は遂にその姿を見せませんでした。

こうして、半年も過ぎた後に、松島さんのところへ突然に一通の手紙がとどきました。それは秋夫の筆蹟で、自分は奇怪な因縁で鰻に呪われている。決して自分のゆくえを探してくれるな。真佐子さん（わたくしの名でございます）は更に新しい夫を迎えて幸福に暮らしてくれという意味を簡単にしたためてあるばかりで、現在の住所などはしるしてありません。あいにくにまたそのスタンプがあいまいで、発信の郵便局もはっきりしないのです。勿論、その発信地へたずねて行ったところで、本人がそこにいる筈もありませんが――。

北千住を立去ってから半年過ぎた後に、なぜ突然にこんな手紙をよこしたのか、それも判りません。奇怪な因縁で鰻に呪われているという、その仔細も勿論わかりません。なにか心当りはないかと、兄の夏夫さんに聞きあわせますと、兄もいろいろかんがえた挙げ句に、ただ一つこんなことがあるといいました。

「わたし達の子供のときには、本郷の××町に住んでいて、すぐ近所に鰻屋がありました。店さきに大きい樽があって、そのなかに大小のうなぎが飼ってある。なんでも秋夫が六つか七つの頃でしたろう、毎日その鰻屋の前へ行って遊んでいましたが、子供のいたずらから樽のなかの小さい鰻をつかみ出して逃げようとするのを、店の者に見つけられて追っかけられたので、その鰻を路ばたの溝のなかへ抛《ほう》り込んで逃げて来たそうです。それが両親に知れて、当人は厳しく叱られ、うなぎ屋へはいくらかの償いを出して済んだことがありましたが、それ以外には別に思い当るような事もありません。」

単にそれだけのことでは、わたくしの夫と鰻とのあいだに奇怪な因縁が結び付けられていそうにも思われません。まだほかにも何かの秘密があるのを、兄が隠しているのではないかとも疑われましたが、どうも確かなことは判りません。そこでわたくしの身の処置でございますが、たとい新しい夫を迎えて幸福に暮らせと書いてありましても、初めの夫がどこにか生きている限りは、わたくしとして二度の夫を迎える気にはなれません。両親をはじめ、皆さんからしばしば再縁をすすめられましたが、私は堅く強情を張り通してしまいました。そのうちに、妹も年頃になって他へ縁付きました。両親ももう、この世にはおりません。三十幾年の月日は夢のように過ぎ去って、わたくしもこんなお婆さんになりました。

鰻に呪われた男——その後の消息はまったく絶えてしまいました。なにしろ長い月日のことですから、これももうこの世にはいないかも知れません。幸いに父が相当の財産を遺して行ってくれましたので、わたくしはどうにかこうにか生活にも不自由は致しませず、毎年かならずこのU温泉へ来て、むかしの夢をくり返すのをただひとつの慰めと致しておりますような訳でございます。

その後は鰻をたべないかと仰しゃるのですか——。いえ、喜んで頂きます。以前はそれ程に好物でもございませんでしたが、その後は好んで喰べるようになりました。片眼の夫がどこかに忍んでいて、この鰻もその人の手で割さかれたのではないか、その人の手で焼かれたのではないか。こう思うとなんだか懐かしいような気が致しまして、御飯もうまく頂けるのでございます。

しかしわたくしも今日の人間でございますから、こんな感傷的な事ばかり申してもいられません。自分の夫が鰻に呪われたというのは、一体どんなわけであるのか、自分でもいろいろに研究し、またそれとなく専門家について聞き合せてみましたが、人間には好んで壁土や泥などを喰べる者、蛇や蚯蚓《みみず》などを喰べる者があります。それは子供に多くございまして、俗に虫のせいだとか癇《かん》のせいだとか申しておりますが、医学上では異《い》嗜性《しせい》とか申すそうで、その原因はまだはっきりとは判っていませんが、やはり神経性の病気であろうということでございます。それを子供の時代に矯正すれば格別、成人してしまうとなかなか癒《なお》りかねるものだとか申します。

それから考えますと、わたくしの夫なども やはりその異嗜性の一人であるらしく思われます。子供の時代からその習慣があって、鰻屋のうなぎを盗んだのもそれが為で、路ばたの溝へ捨てたと言いますけれども、実は生きたままで喰べてしまったのではないかとも想像されます。大人になっても、その悪い習慣が去らないのを、誰も気がつかずにいたのでしょう。当人もよほど注意して、他人に覚られないように努めていたに相違ありません。勿論、止めよう止めようとあせっていたのでしょうが、それをどうしても止められないので、当人から見れば鰻に呪われているとでも思われたかも知れません。

そこで、この温泉場へ来て、松島さんと一緒に釣っているうちに、あいにく鰻を釣りあげたのが因果で、例の癖がむらむらと発して、人の見ない隙をうかがってひと口に喰べてしまうと、またあいにくに私がそれを見付けたので……。つまり双方の不幸とでもいうのでございましょう。よもやと思っていた自分の秘密を、妻のわたくしが知っていることを覚ったときに当人もひどく驚き、またひどく恥じたのでしょう。いっそ正直に打ち明けてくれればよかったと思うのですが、当人としては恥かしいような、怖ろしいような、もう片時もわたくしとは一緒にいられないような苦しい心持になって、前後の考えもなしに宿屋をぬけ出してしまったものと察せられます。

それからどうしたか判りませんが、もうこうなっては東京へも帰れず、結局自暴自棄になって、自分の好むがままに生活することに決心したのであろうと思われます。千住のうなぎ屋へ姿をあらわすまで丸二年半の間、どこを流れ渡っていたか知りませんが、自分の食慾を満足させるのに最も便利のいい職業を択《えら》ぶことにして、諸方の鰻屋に奉公していたのでしょう。片眼を潰したのは粗相でなく、自分の人相を変える積りであったろうと察せられます。おそらく鰻の眼を刺すように、自分の眼にも錐を突き立てたのでしょう。こうなると、まったく鰻に呪われているといってもいいくらいで、考えても怖ろしいことでございます。

かた眼をつぶしても、やはり松島さんに見付けられたので、当人はまたおそろしくなってどこへか姿を隠したのでしょうが、どういう動機で半年後に手紙をよこしたのか、それは判りません。その後のことも一切わかりませんが、多分それからそれへと流れ渡って、自分の異嗜性を満足させながら一生を送ったものであろうと察せられます。

こう申上げてしまえば、別に奇談でもなく、怪談でもなく、単にわたくしがそういう変態の夫を持ったというに過ぎないことになるのでございますが、ただひとつ、私としていまだに不思議に感じられますのは、前に申上げた通り、わたくしが初めて縁談の申込みを受けました当夜に、いやな夢をみました事で……。こんなお話をいたしますと、どなたもお笑いになるかも知れません、わたくし自身も真面目になって申上げにくいのですが――わたくしが鰻になって俎板の上に横たわっていますと、印半纏を着た片眼の男が錐を持ってわたくしの眼を突き刺そうとしました。その時には何とも思いませんでしたが、後になって考えると、それが夫の将来の姿を暗示していたように思われます。秋夫は片眼になって、千住のうなぎ屋の職人になって、印半纏をきて働いていたというではありませんか。

夢の研究も近来は大層進んでいるそうでございますから、そのうちに専門家におたずね申して、この疑問をも解決いたしたいと存じております。

# わが工夫せるオジヤ

坂口安吾

私は今から二ヵ月ほど前に胃から黒い血をはいた。時しも天下は追放解除旋風で多量のアルコールが旋風のエネルギーと化しつつあった時で、私はその旋風には深い関係はなかったが、新聞小説を書きあげて、その解放によって若干の小旋風と化する喜びにひたった。その結果が、人間に幾つもあるわけではない胃を酷使したことになったのである。

私は子供の時から胃が弱い。長じて酒をのむに及んで、胃弱のせいで、むしろ健康を維持することができたのかも知れない。なぜかというと、深酒すると、必ず吐く。ある限度以上には飲めなくなるから、自然のブレーキにめぐまれ、持ち前の耽溺性を自然防衛してもらったという結果になっているらしい。

今度血を吐いたのは、深酒というよりも、ウイスキーをストレートで飲む習慣が夏からつづいて、その結果であったと思う。強い酒をストレートで飲むのは、胃壁をいためる第一の兇器と知るべし。直後に水を飲み飲みしても役に立たない。水の到着以前に生《き》のウイスキーが胃壁に衝突しているから。飲用以前に、タンサンか水で割るべきである。同じことのようでも手順が前後すれば何事につけてもダメなものだ。

血を吐いたのは三度目で、そう驚きもしなかったが、少し胃を大切にしようと思った。酒に比べると煙草の方がもっと胃に悪い。しかし、煙草も酒もやめられない。酒は催眠薬にくらべると、よほど健康なものだ。催眠薬というものは、寝てしまうと分らぬけれども、起きていると、酒と同様に、あるいは酒以上に、酩酊するということが分るのである。のみならず、アルコール中毒は却々《なかなか》起らないが、催眠薬中毒はすぐ起る。そして、それは狂人と同じものだ。幻視も幻聴も起るのである。私は疑っているのだ。神経衰弱の結果、妄想に悩んだり、自殺したりすると云われているのは、たまたま軽微の不眠に対して催眠薬を常用するようになり、益々神経衰弱がひどくなったと当人は考えているが、実は催眠薬中毒の場合が多く含まれているのではないか、と。

だから、眠るためには、催眠薬は連用すべきものではない。アルコールでねむることが、どれぐらい健全だか分らない。私が自分の身体で実験した上のことだから、そして、いくらか医学の本をしらべた上のことでもあるから、信用していただいてよろしいと思う。しかし、私の言っているのは、酒を催眠薬として用いてのことで、それ以上に耽溺しての御乱行については、この限りではない。

私はピッタリ催眠薬をやめたから、仕事のあとで眠るためには酒にたよらざるを得ない。必需品であるから、酒を快く胃におさめるために、他の食物を節しなければならない。なぜなら、私は酒を味覚的に好むのではなく、眠り薬として用いるのであり、それを受けいれる胃袋は益々弱化しつつあるからである。

私は二年前から、肉食することは一年に何回もないのである。それまでは、特にチャンコ鍋（相撲とりの料理で、いろいろの作り方があるが、主として獣肉魚肉野菜の寄せ鍋のようなものである）を愛用していた。そのうちに、鍋の肉は食う気がしなくなり、人に中身を食べてもらって、あとの汁だけでオジヤをつくって、それだけを愛用するようになった。スキヤキにしても、肉は人に食ってもらって、ゴハンに汁だけかけて食う。肉の固形したものを自然に欲しくなくなったのである。魚肉もめったに食べない。稀にウナギを食う。一ヵ月に一度、鶏の丸焙《ロチ》りの足の一本だけ食う。また、稀に肉マンジュウを食う。この二年間、肉食といえば、それぐらいだ。ロチを一ヵ月に一度食うというのは、私の誕生日は十月二十日であるが、女房はそれを二度忘れていた。むろん私は忘れている。で、女房思えらく、毎月二十日にロチを食わせておけば亭主の誕生日を思いだすにも当らないや、というわけで、そこで鶏屋に予約してあるから、鶏屋は毎月ヒナ鶏を丸々とふとらせ、二十日になると届けてくれる。女房は忘れているが、鶏屋は忘れることがない、という次第で、したがって、わが家の客人は毎月二十日にくるのが一番割がいいのである。そのほかの日は甚しく御馳走がない。主人が菜食であり粗食だからだ。

二ヵ月前に血を吐いてからは、一ヵ月間酒をやめた。同時に、かたい御飯をやめた。もっぱらオジヤ。まれに、パン、ソバ、ウドンである。そして、酒は再びのみはじめたが、御飯は本当にやめてしまった。それで一向に痩せないのである。朝晩二度のオジヤもごく小量で、御飯の一膳に足りない程度であるし、パンなら四半斤、ソバはザル一ツ、あるいはナベヤキ一ツ。それで一向に痩せない。間食は完全にやらない。ミルクもコーヒーものまない。

そこで私は考えた。毎晩のむ酒のせいもあるかも知れぬが（寝酒は三合、それに時として黒ビール一本追加）オジヤの栄養価が豊富なのだろう、と。そこで、病人の御参考になるかも知れないから、小生工夫のオジヤを御披露に及ぶことにします。このオジヤの工夫以前はチャンコ鍋やチリ鍋のあとの汁でオジヤを作っていたが、これを連用して連日の主食とするには決して美味ではない。すくなくとも、毎日たべて飽きがこないという微妙なものではないのである。なんといっても、一番微妙な汁といえば、スープであるから、それを用いてオジヤを作らせてみた。そして、二三度注文をだし手を加えて、私の常食のオジヤを工夫してもらッたのである。それ以来一ヵ月半、ズッと毎日同じオジヤを朝晩食って飽きないし、他のオジヤを欲する気持にもならない。

私のオジヤでは、鶏骨、鶏肉、ジャガイモ、人参、キャベツ、豆類などを入れて、野菜の原形がとけてなくなる程度のスープストックを使用する。三日以上煮る。三日以下では、オジヤがまずい。私の好み乃至《ないし》は迷信によって、野菜の量を多くし、スープが濁っても構わないから、どんどん煮立てて野菜をとかしてしまうのである。したがって、それ自体をスープとして用いると、濃厚で、粗雑で、乱暴であるが、これぐらい強烈なものでもオジヤにすると平凡な目立たない味になるのである。

このスープストックに御飯を入れるだけである。野菜はキャベツ小量をきざんで入れる。また小量のベーコンをこまかく刻んで入れる。そして、塩と胡椒で味をつけるだけである。私のは胃の負担を軽減するための意味も持つオジヤであるから、三十分間も煮て御飯がとろけるように柔かくしてしまうというやり方である。

土鍋で煮る。土鍋を火から下してから、卵を一個よくかきまぜて、かける。再び蓋をして一二分放置しておいてから、食うのである。このへんはフグのオジヤの要領でやる。オカズはとらない。ただ、京都のギボシという店の昆布が好きで、それを少しずつオジヤにのッけて食べる習慣である。朝晩ともにそれだけである。

酒の肴も全然食べない。ただ舐める程度のもの、あるいは小量のオシンコの如きものを肴にする程度。世にこの上の貧弱な酒の肴はない。

ついでにパンの食べ方を申上げると、トーストにして、バタをぬり、(カラシは用いず)魚肉のサンドイッチにして食べる。魚肉はタラの子、イクラ、などもよいが、生鮭を焼いて、あついうちに醤油の中へ投げこむ。(この醤油はいっぺん煮てフットウしたのをさまして用いる)三日間ぐらい醤油づけにしたのを、とりだして、そのまま食う。これは新潟の郷土料理、主として子供の冬の弁当のオカズである。この鮭の肉をくずしてサンドイッチにして用いる。またミソ漬けの魚がサンドイッチに適している。魚肉とバタが舌の上で混合する味がよろしいのである。しかし要するに栄養は低いだろう。

以上のほかには、バナナを一日に一本食うか食わずで(食べない日が多い)それで瘦せないのである。病的にふとっているのとも違う。だから小生工夫のオジヤに栄養が宿っていると思うのだが、大方の評価では、どんなものであろうか。とにかく小生の主観ならびに主として酔っ払いの客人の評価によると美味の由である。最後に、誤解されてお叱りを蒙《こうむ》ると困るから申添えておくが、オジヤを食い、肉食間食しないのは私だけで、家族(犬も含めて)は存分にその各々の好むところを飽食しているのである。

# 銀座

永井荷風

この一、二年何のかのと銀座界隈を通る事が多くなった。知らず知らず自分は銀座近辺の種々なる方面の観察者になっていたのである。

ただ不幸にして自分は現代の政治家と交《まじわ》らなかったためまだ一度もあの貸座敷然たる松本楼《まつもとろう》に登る機会がなかったが、しかし交際と称する浮世の義理は自分にも炎天にフロックコオトをつけさせ帝国ホテルや精養軒や交詢社《こうじゅんしゃ》の階段を昇降させた。有楽座帝国劇場歌舞伎座などを見物した帰りには必ず銀座のビイヤホオルに休んで最終の電車のなくなるのも構わず同じ見物帰りの友達と端《はて》しもなく劇評を戦わすのであった。上野の音楽学校に開かれる演奏会の切符を売る西洋の楽器店は、二軒とも人の知っている通り銀座通りにある。新しい美術品の展覧場《てんらんじょう》「吾楽《ごらく》」というものが建築されたのは八官町《はちかんちょう》の通りである。雑誌『三田文学』を発売する書肆《しょし》は築地の本願寺に近い処にある。華美《はで》な浴衣《ゆかた》を着た女たちが大勢、殊に夜の十二時近くなってから、草花を買いに出るお地蔵さまの縁日は三十間堀《さんじっけんぼり》の河岸通《かしどおり》にある。

逢うごとにいつもその悠然たる貴族的態度の美と洗錬された江戸風の性行とが、そぞろに蔵前の旦那衆を想像せしむる我が敬愛する下町の俳人某子《なにがしし》の邸宅は、団十郎の旧宅とその広大なる庭園を隣り合せにしている。高い土塀《どべい》と深い植込とに電車の響も自《おの》ずと遠い嵐のように軟《やわら》げられてしまうこの家《や》の茶室に、自分は折曲げて坐る足の痛さをも厭《いと》わず、幾度《いくたび》か湯のたぎる茶釜の調《しらべ》を聞きながら礼儀のない現代に対する反感を休めさせた。

建込《たてこ》んだ表通りの人家に遮《さえ》ぎられて、すぐ真向《まむかい》に立っている彼《か》の高い本願寺の屋根さえ、どこにあるのか分らぬような静なこの辺《へん》の裏通には、正しい人たちの決して案内知らぬ横町《よこちょう》が幾筋もある。こういう横町の二階の欄干から、自分はある雨上りの夏の夜《よ》に通り過る新内《しんない》を呼び止めて酔月情話《すいげつじょうわ》を語らせて喜んだ事がある。また梅が散る春寒《はるさむ》の昼過ぎ、摺硝子《すりガラス》の障子を閉めきった座敷の中は黄昏《たそがれ》のように薄暗く、老妓ばかりが寄集った一中節《いっちゅうぶし》のさらいの会に、自分は光沢《つや》のない古びた音調に、ともすれば疲れがちなる哀傷を味った事もあった。

しかしまた自分の不幸なるコスモポリチズムは、自分をしてそのヴェランダの外《そと》なる植込の間から、水蒸気の多い暖な冬の夜《よ》などは、夜《よる》の水と夜の月島と夜の船の影とが殊更美しく見えるメトロポオル・ホテルの食堂をも忘れさせない。世界のいかなる片隅をも我家のように楽しく談笑している外国人の中に交って、自分ばかりはただ独り心淋しく傾けるキァンチの一壜《ひとびん》に年を追うて漸く消えかかる遠い国の思出を呼び戻す事もあった。

銀座界隈には何という事なく凡《すべ》ての新しいものと古いものとがある。一国の首都がその権勢と富貴《ふうき》とに自《おのず》から蒐集《しゅうしゅう》する凡ての物は、皆ここに陳列せられてある。われわれは新しい流行の帽子を買うためにも、遠い国から来た葡萄酒を買うためにも、無論この銀座へ来ねばならぬが、それと同時に、有楽座などで聞く事を好まない「昔」の歌をば、なりたけ「昔」らしい周囲の中《うち》に聞き味おうとすればやはりこの辺《へん》の特種な限られた場所を択《えら》ばなければならない。

自分は折々天下堂《てんがどう》の三階の屋根裏に上《あが》って都会の眺望を楽しんだ。山崎洋服店の裁縫師でもなく、天賞堂《てんしょうどう》の店員でもないわれわれが、銀座界隈の鳥瞰図《ちょうかんず》を楽《たのし》もうとすれば、この天下堂の梯子段《はしごだん》を上《あが》るのが一番軽便《けいべん》な手段である。茲《ここ》まで高く上《あが》って見ると、東京きの市街も下にいて見るほどに汚らしくはない。十月頃の晴れた空の下《した》に一望尽《つく》る処なき瓦屋根の海を見れば、やたらに突立っている電柱の丸太の浅間しさに呆れながら、とにかく東京は大きな都会であるという事を感じ得るのである。

人家の屋根の上をば山手線《やまのてせん》の電車が通る。それを越して霞ヶ関、日比谷、丸の内を見晴す景色と、芝公園の森に対して品川湾の一部と、また眼の下なる汐留の堀割《ほりわり》から引続いて、お浜御殿《はまごてん》の深い木立と城門の白壁を望む景色とは、季節や時間の工合《ぐあい》によっては、随分見飽きないほどに美しい事がある。

遠くの眺望から眼を転じて、直ぐ真下《まっした》の街を見下すと、銀座の表通りと並行して、幾筋かの裏町は高さの揃った屋根と屋根との間を真直に貫き走っている。どの家にも必ず付いている物干台《ものほしだい》が、小《ちいさ》な菓子折でも並べたように見え、干してある赤い布や並べた鉢物の緑《みど》りが、光線の軟《やわらか》な薄曇の昼過ぎなどには、汚れた屋根と壁との間に驚くほど鮮かな色彩を輝かす。物干台から家《うち》の中に這入《はい》るべき窓の障子が開いている折には、自分は自由に二階の座敷では人が何をしているかを見透《みすか》す。女が肩肌抜《かたはだぬ》ぎで化粧をしている様やら、狭い勝手口の溝板《どぶいた》の上で行水《ぎょうずい》を使っているさままでを、すっかり見下してしまう事がある。尤《もっと》も日本の女が外から見える処で行水をつかうのは、『阿菊さん《マダムクリザンテエム》』の著者を驚喜せしめた大事件であるが、これはわざわざ天下堂の屋根裏に登らずとも、自分は山の手の垣根道で度々出遇《であ》ってびっくりしているのである。この事を進めていえば、これまで種々なる方面の人から論じ出された日本の家屋と国民性の問題を繰返すに過ぎまい。

われわれの生活は遠からず西洋のように、殊に亜米利加《アメリカ》の都会のように変化するものたる事は誰《た》が眼にも直ちに想像される事である。しからばこの問題を逆にして試《こころみ》に東京の外観が遠からずして全く改革された暁《あかつき》には、いかなる方面、いかなる隠れた処に、旧日本の旧態が残されるかを想像して見るのも、皮肉な観察者には興味のないことではあるまい。実例は帝国劇場の建築だけが純西洋風に出来上りながら、いつの間にかその大理石の柱のかげには旧芝居の名残りなる簪屋《かんざしや》だの飲食店などが発生繁殖して、遂に厳粛なる劇場の体面を保たせないようにしてしまった。銀座の商店の改良と銀座の街の敷石とは、将来いかなる進化の道によって、浴衣《ゆかた》に兵児帯《へこおび》をしめた夕涼《ゆうすずみ》の人の姿と、唐傘《からかさ》に高足駄《たかあしだ》を穿《は》いた通行人との調和を取るに至るであろうか。交詢社《こうじゅんしゃ》の広間に行くと、希臘風《ギリシャふう》の人物を描いた「神の森《ボアサクレエ》」の壁画の下《もと》に、五ツ紋《いつもん》の紳士や替《かわ》り地《じ》のフロックコオトを着た紳士が幾組となく対座して、囲碁仙集《いごせんしゅう》をやっている。高い金箔《きんぱく》の天井にパチリパチリと響き渡る碁石の音は、廊下を隔てた向うの室《へや》から聞えて来る玉突のキュウの音に交《まじ》わる。初めてこの光景に接した時自分は無論いうべからざる奇異なる感に打たれた。そしてこの奇異なる感は、いかなる理由によって呼起されたかを深く考え味わねばならなかった。数寄《すき》を凝《こ》らした純江戸式の料理屋の小座敷には、活版屋の仕事場と同じように白い笠のついた電燈が天井からぶらさがっているばかりか遂には電気仕掛けの扇風器までが輸入された。要するに現代の生活においては凡《すべ》ての固有純粋なるものは、東西の差別なく、互に噛み合い壊し合いしているのである。異人種間の混血児は特別なる注意の下に養育されない限り、その性情は概して両人種の欠点のみを遺伝するものだというが、日本現代の生活は正《まさ》しくかくの如きものであろう。

銀座界隈はいうまでもなく日本中で最もハイカラな場所であるが、しかしここに一層皮肉な贅沢屋があって、もし西洋そのままの西洋料理を味おうとしたなら銀座界隈のいかなる西洋料理屋もその目的には不適当なる事を発見するであろう。銀座の文明と横浜のホテルとの間には歴然たる区別がある。そして横浜と印度《インド》の殖民地と西洋との間にはまた梯子《はしご》昇《のぼ》りに階段がついている。

ここにおいて、ある人は、帝国ホテルの西洋料理よりもむしろ露店の立ち喰いにトンカツの噯《おくび》をかぎたいといった。露店で食《くら》う豚の肉の油揚げは、既に西洋趣味を脱却して、しかも従来の天麩羅《てんぷら》と牴触《ていしょく》する事なく、更に別種の新しきものになり得ているからだ。カステラや鴨南蛮《かもなんばん》が長崎を経て内地に進み入り、遂に渾然《こんぜん》たる日本的のものになったと同一の実例であろう。

自分はいつも人力車《じんりきしゃ》と牛鍋《ぎゅうなべ》とを、明治時代が西洋から輸入して作ったものの中《うち》で一番成功したものと信じている。敢《あえ》て時間の経過が今日の吾人《ごじん》をして人力車と牛鍋とに反感を抱かしめないのでは決してない。牛鍋の妙味は「鍋」という従来の古い形式の中《うち》に「牛肉」という新しい内容を収めさせた処にある。人力車は玩具《おもちゃ》のように小《ちい》さく、どことなく滑稽な形をなし最初から日本の生活に適当し調和するように発明されたものである。この二つはそのままの輸入でもなく無意味な模倣でもない。少くとも発明という賛辞に価するだけに発明者の苦心と創造力とが現われている。即ち国民性を通過してしかる後に現れ出たものである。

こういう点から見て、自分は維新前後における西洋文明の輸入には、甚だ敬服すべきものが多いように思っている。徳川幕府が仏蘭西《フランス》の士官を招聘《しょうへい》して練習させた歩兵の服装――陣笠《じんがさ》に筒袖《つつそで》の打割羽織《ぶっさきばおり》、それに昔のままの大小をさした服装《いでたち》は、純粋の洋服となった今日の軍服よりも、胴が長く足の曲った日本人には遥かによく適当していた。洋装の軍服を着ればいかなる名将といえども、威儀風采において日本人は到底西洋の下士官《スウゾフ》にも肩を比する事は出来ない。異《ちが》った人種はよろしく、その容貌体格習慣挙動の凡てを鑑《かんが》みて、一様には論じられない特種のものを造り出すだけの苦心と勇気とを要する。自分は上野の戦争の絵を見る度《た》びに、官軍の冠《かむ》った紅白の毛甲《けかぶと》を美しいものだと思い、そしてナポレオン帝政当時の胸甲騎兵《きょうこうきへい》の甲《かぶと》を連想する。

銀座の表通りを去って、いわゆる金春《こんぱる》の横町《よこちょう》を歩み、両側ともに今では古びて薄暗くなった煉瓦造《れんがづく》りの長屋を見ると、自分はやはり明治初年における西洋文明輸入の当時を懐しく思返すのである。説明するまでもなく金春の煉瓦造りは、土蔵のように壁塗りになっていて、赤い煉瓦の生地《きじ》を露出させてはいない。家の軒はいずれも長く突き出で円《まる》い柱に支えられている。今日ではこのアアチの下をば無用の空地《くうち》にしておくだけの余裕がなくって、戸々《ここ》勝手《かって》にこれを改造しあるいは破壊してしまった。しかし当初この煉瓦造を経営した建築者の理想は家並《やな》みの高さを一致させた上に、家ごとの軒の半円形と円柱との列によって、ちょうどリボリの街路を見るように、美しいアルカアドの眺めを作らせるつもりであったに違いない。二、三十年前《ぜん》の風流才子は南国風なあの石の柱と軒の弓形《アーチ》とがその蔭なる江戸生粋《きっすい》の格子戸《こうしど》と御神燈《ごしんとう》とに対して、いかに不思議な新しい調和を作り出したかを必ず知っていた事であろう。

明治の初年は一方において西洋文明を丁寧に輸入し綺麗に模倣し正直に工風《くふう》を凝《こら》した時代である。と同時に、一方においては、徳川幕府の圧迫を脱した江戸芸術の残りの花が、目覚《めざま》しくも一時に二度目の春を見せた時代である。劇壇において芝翫《しかん》、彦三郎《ひこさぶろう》、田《た》之助《のすけ》の名を挙げ得ると共に文学には黙阿弥《もくあみ》、魯文《ろぶん》、柳北《りゅうほく》の如き才人が現れ、画界には暁《ぎょう》斎《さい》や芳年《よしとし》の名が轟《とどろ》き渡った。境川《さかいがわ》や陣幕《じんまく》の如き相撲はその後《ご》には一人もない。円朝の後《のち》に円朝は出なかった。吉原は大江戸の昔よりも更に一層の繁栄を極め、金瓶大黒《きんぺいだいこく》の三名妓の噂が一世《いっせ》の語り草となった位である。

両国橋には不朽なる浮世絵の背景がある。柳橋《やなぎばし》は動しがたい伝説の権威を背負っている。それに対して自分は艶《なまめ》かしい意味においてしん橋の名を思出す時には、いつも明治の初年返咲《かえりざ》きした第二の江戸を追想せねばならぬ。無論、実際よりもなお麗《うるわ》しくなお立派なものにして憬慕《けいぼ》するのである。

現代の日本ほど時間の早く経過する国が世界中にあろうか。今過ぎ去ったばかりの昨日《きのう》の事をも全く異《ちが》った時代のように回想しなければならぬ事が沢山にある。有楽座を日本唯一の新しい西洋式の劇場として眺めたのも僅に二、三年間の事に過ぎなかった。われわれが新橋の停車場《ていしゃじょう》を別れの場所、出発の場所として描写するのも、また僅々《きんきん》四、五年間の事であろう。

今では日吉町《ひよしちょう》にプランタンが出来たし、尾張町《おわりちょう》の角《かど》にはカフェエ・ギンザが出来かかっている。また若い文学者間には有名なメイゾン・コオノスが小網町《こあみちょう》の河岸通《かしどおり》を去って、銀座附近に出て来るのも近い中《うち》だとかいう噂がある。しかしそういう適当な休み場所がまだ出来なかった去年頃まで、自分は友達を待ち合わしたり、あるいは散歩の疲れた足を休めたり、または単に往来《ゆきき》の人の混雑を眺めるためには、新橋停車場内の待合所を択《えら》ぶがよいと思っていた。

その頃には銀座界隈には、すでにカフェエや喫茶店やビイヤホオルや新聞縦覧所などいう名前をつけた飲食店は幾軒もあった。けれども、それらはいずれも自分の目的には適しない。一時間ばかりも足を休めて友達とゆっくり話をしようとするには、これまでの習慣で、非常に多く物を食わねばならぬ。ビイル一杯が長くて十五分間、その店のお客たる資格を作るものとすれば、一時間に対して飲めない口にもなお四杯の満《まん》を引かねばならない。しからずば何となく気が急《せ》いて、出て行けがしにされるような僻《ひが》みが起って、どうしても長く腰を落ち付けている事が出来ない。

これに反して停車場内の待合所は、最も自由で最も居心地よく、聊《いささ》かの気兼《きが》ねもいらない無類上等のCafé《カフェエ》である。耳の遠い髪の臭い薄ぼんやりした女《おんな》ボオイに、義理一遍のビイルや紅茶を命ずる面倒もなく、一円札に対する剰銭《つりせん》を五分もかかって持《もっ》て来るのに気をいら立てる必要もなく、這入《はい》りたい時に勝手に這入って、出たい時には勝手に出られる。自分は山の手の書斎の沈静した空気が、時には余りに切《せつ》なく自分に対して、休まずに勉強しろ、早く立派なものを書け、むつかしい本を読めというように、心を鞭打つ如く感じさせる折には、なりたけ読みやすい本を手にして、この待合所の大きな皮張《かわばり》の椅子に腰をかけるのであった。冬には暖い火が焚《た》いてある。夜《よる》は明い燈火《ともしび》が輝いている。そしてこの広い一室の中《なか》にはあらゆる階級の男女が、時としてはその波瀾ある生涯の一端を傍観させてくれる事すらある。Henri Bordeaux《アンリイボルドオ》という人のある旅行記の序文に、手荷物を停車場に預けて置いたまま、汽車の汽笛の聞える附近の宿屋に寝泊りして、毎日の食事さえも停車場内の料理屋で準《ととの》え、何時《なんどき》にても直様《すぐさま》出発し得られるような境遇に身を置きながら、一向に巴里《パリー》を離れず、かえって旅人のような心持で巴里の町々を彷徨《ほうこう》している男の話が書いてある。新橋の待合所にぼんやり腰をかけて、急しそうな下駄の響と鋭い汽笛の声を聞いていると、いながらにして旅に出たような、自由な淋しい好《い》い心持がする。上田敏《うえだびん》先生もいつぞや上京された時自分に向って、京都の住《す》まいもいわば旅である。東京の宿も今では旅である。こうして歩いているのは好い心持だといわれた事がある。

自分は動いている生活の物音の中《なか》に、淋しい心持を漂《ただよ》わせるため、停車場の待合室に腰をかける機会の多い事を望んでいる。何のために茲《ここ》に来るのかと駅夫に訊問された時の用意にと自分は見送りの入場券か品川行の切符を無益に買い込む事を辞さないのである。

再びいう日本の十年間は西洋の一世紀にも相当する。三十間堀の河岸通《かしどおり》には昔の船宿が二、三軒残っている。自分はそれらの家の広い店先の障子を見ると、母がまだ娘であった時分この辺《へん》から猿若町《さるわかちょう》の芝居見物に行くには、猪牙船《ちょきぶね》に重詰《じゅうづめ》の食事まで用意して、堀割から堀割をつたわって行ったとかいわれた話をば、いかにも遠い時代の夢物語のように思い返す。自分がそもそも最初に深川の方面へ出掛けて行ったのもやはりこの汐留の石橋《いしばし》の下から出発する小《ちいさ》な石油の蒸汽船に乗ったのであるが、それすら今では既に既に消滅してしまった時代の逸話となった。

銀座と銀座の界隈とはこれから先も一日一日と変って行くであろう。ちょうど活動写真を見詰《みつ》める子供のように、自分は休みなく変って行く時勢の絵巻物をば眼の痛《いたく》なるまで見詰めていたい。

# 味覚馬鹿

北大路魯山人《きたおおじろさんじん》

美味《うま》い不味《まず》いは栄養価を立証する。

＊

天然の味に優《まさ》る美味なし。

＊

現今《げんこん》の料理は美趣味が欠如している。

＊

料理つくるも年齢、食う好みも年齢。

＊

料理をつくる者は、つとめて価値ある食器に関心を有すべし。

＊

高級食器、美器をつくらんとするものは、美食に通ずべし。

＊

栄養価値充分にして美味にあらざるものは断じてない。美味なれば必ず栄養が存する。

＊

味覚は体験に学ぶ以外に道はない。良体験をもったものは、よい料理ができ、よい味覚がそなわり、幸せであり、美味いもの食いの資格が高い。

＊

現在、純日本料理はないであろう。

＊

料理を味わうにも、三等生活、二等生活、一等生活、特等生活と、運命的に与えられている生活がある。またそれに従って作るところの料理がさまざまである。

＊

貧乏国になった日本料理、それが生んだ料理研究家の料理、毎日ラジオ、テレビで発表されている料理。これが貧乏国日本の生んだ料理研究であり、栄養料理の考えである。

＊

一顰一笑《いっぴんいっしょう》によって愛嬌をまき、米を得んとする料理研究家がテレビに現われて、一途《いちず》に料理を低下させ、無駄な浪費を自慢して、低級に生きぬかんとする風潮がつのりつつある。

＊

もともと日本料理の中で生まれたわけではないから、現今《げんこん》のごとく低級の谷へ谷へと下降しつつある。このあり様《さま》は見るに忍びない。内容の重きに注意せざる者は、勢い外表のデザインのみに走る。

＊

要求する食物に不味《まず》いものなしだから腹が空《へ》るにかぎる。

＊

うかうかと元味を破壊して、現代人は美味《うま》いものを食いそこなっている。

＊

手をかけなくても栄養も摂《と》れ、美味でもあり、見た目も美しいものを、いたずらに子供を騙《だま》すような料理をつくることは、料理人の無恥《むち》を物語るものであろう。

＊

日本料理といっても、一概《いちがい》にこれが日本料理だと簡単にいい切れるものではない。いい切った後から、とやかくと問題が起こり、水掛論《みずかけ》が長びき、焦点がぼけてしまうのが常だからだ。昔もそうだが、近頃ではなお更である。

＊

日本人が常に刺身を愛し、常食するゆえんは、自然の味、天然の味、すなわち加工の味以上に尊重するところである、と私は思っている。

＊

すべて本来の持ち味をこわさないことが料理の要訣《ようけつ》である。これができれば俯仰《ふぎょう》天《てん》地《ち》に愧《は》ずるなき料理人であり、これ以上はないともいえる。

＊

次が美の問題である。

＊

料理も美味《うま》い物好き、よい物好き、なにかと上物《じょうもの》好き、いわばぜいたく者であってこそ、筋の通った料理が生まれるのである。

＊

味に自信なき者は料理に無駄な手数をかける。

＊

低級な食器にあまんじている者は、それだけの料理しかなし得ない。こんな料理で育てられた人間は、それだけの人間にしかなり得ない。

＊

料理といっても数々ござる。料理屋の料理、家庭料理、富者《ふしゃ》の好む料理、貧者の料理、サラリーマン級の料理、都会料理、田舎料理、老人好み、若人《わこうど》好み、少年少女向き、病人向き……。すべからく料理をつくる者は、この別を心得、いやしくも自分の好みだけを押しつけてはならない。

＊

これほど深い、これほどに知らねばならない味覚の世界のあることを銘記せよ。

＊

料理の世界にしても、これですべてがわかったという自惚《うぬぼ》れは許されぬ。いつもいつも夢想だに出来ないことが存在することを知らねばならぬ。

＊

飽きるところから新しい料理は生まれる。

＊

私が自分自身でふしぎなと思われるくらい考えつづけているのは食物、すなわち、美味探究である。つまらないものを食って、一向気にしない人間を見ると馬鹿にしたくなる。私は今でも自炊している。三度三度自己満足できない食事では、すますことができないからだ。美食の一生を望んでいる。傾聴《けいちょう》すべき食物話が乏しくなったことは晩年の私を淋しがらせる。この点でも私は孤独だ。

＊

料理研究家と称される人々が昨日に今日にテレビで料理講習をやっている。美味と感ずるもののなかで視覚にたよるものが大《だい》な料理なのに、テレビ料理に出てくる先生というのが、調理するのに腕時計・指輪をはめたまま、ひどいのになると、ご丁寧にも爪紅《つまべに》までしている。こんなのを見ると、食欲減退である。それに料理研究家が揃いも揃って爺さん婆さんなので、テレビで大写しにされる手が、これまた揃いも揃って薄汚い。料理はもともと理《ことわり》を料《はか》ると書く通り、美味《うま》い不味《まず》いを云々《うんぬん》するなら、美味の理について、もっと深く心致さねばなるまい。

＊

「綺麗に盛りつけます」という言葉に誘われて、食器はと見れば、これまたガラクタばかり。食器は料理の衣裳だということを、ご婦人講師さんとくとお考えあれ。

＊

衰える食器。今日、大方《おおかた》の日本料理がわれわれに満足を与えない状態にある。これすなわち、食器の衰えは、料理界の衰えの影響であるといい得られるのである。

＊

新鮮に勝る美味なし。

＊

自然の栄養価値、栄養の集成が味の素である。

＊

低級な人は低級な味を好み、低級な料理と交わって安堵し、また低級な料理をつくる。

＊

京都は、昔から料理がもっともよく発達していた。ここには長く皇居があった。しかも、四周《ししゅう》山々に囲まれて、料理の料理とすべき海産の新鮮なさかながなかった。ここに与えられた材料は、豆腐、湯葉《ゆば》、ぜんまいなどであった。この一見まずい材料をもってして、貴族、名門の口を潤《うるお》すべき料理を考案しなければならなかった。こうした材料、こうした土地柄が、立派な料理の花を咲かせたのは理の当然といえよう。

＊

まぐろはいつ頃、どこで獲《と》れたのが美味いとか、たいはどうして食べるべきであるとかいうようなことを知っているのが、いかにも料理の通人《つうじん》のごとく思われている。だが料理はそんなものではない。ほんとうに美味いものを食べたいと思う食通は、まず飯《めし》を吟味しなくてはならぬ。飯のよしあし、また飯と平行して、煮だしこぶのよしあし、これを果してどのくらい知っている人があるだろうか？

美食は物知りになることではない。もっともよく使われる、手近な、料理の原料になる、これらのものを正当に知らなくてはならぬ。

＊

わさびもどこで採《と》れた、どのくらいの大きいものがいい、というようなことは誰でもよく話すことである。だが、どんなわさびおろしで、どんなふうにおろすのか知っている人は、存外玄人《くろうと》の中にすら少ないものである。

＊

そういえば、台所道具がどこの家もなっていない。よく切れるいい庖丁《ほうちょう》、大根おろし、わけてもかつおぶしを削る鉋《かんな》のごとき、どれも清潔で、おのおの充分の用に耐えるべき品が用意されていないように思う。

＊

いいかね、料理は悟ることだよ、拵《こしら》えることではないんだ。名人の料理人というものはみなそれなんだね。

＊

今日《こんにち》の料理界なんてものは、ほかの世界に較《くら》べたら、底が知れている。料理界には穴があるんだ。あるといえばあるが、しかし、ほんとうのことはわからん。仮にいってみればあるというだけでね。要は、料理のために料理のことを知る、それよりほかに手はない。そうしてほかの先生を仔細に検討してみるといい。

＊

わさびの味が分っては身代《しんだい》は持てぬ。

＊

栄養を待っている肉体に要求がなくなれば、美味にあらず効果もなし。

＊

外人でも日本人でも、料理を心底《しんそこ》から楽しんではいないようだ。味覚を楽しみたい心は持っているが、真から楽しめる料理は料理屋にも家庭にもないからであるらしい。栄養栄養と、この流行に災いされ、栄養薬を食って栄養食の生活なりと、履《は》き違えをしているらしい。

えて栄養食と称するものは、病人か小児が収監されているときのような不自由人だけに当てはまるもので、食おうと思えばなんでも食える自由人には、ビタミンだのカロリーなど口やかましくいう栄養論者の説など気にする必要はない。

好きなものばかりを食いつづけて行くことだ。好きなものでなければ食わぬと、決めてかかることが理想的である。

鶏《にわとり》や飼犬のような宛《あ》てがいの料理は真の栄養にはならない。自由人には医者がいうような偏食の弊《へい》はない。偏食が災いするまでには、口のほうで飽《あ》きが来て、転食するから心配はない。

＊

売ることを目的としてつくった料理が料理として発達し、日本料理の名をなしている。また一面、富豪が多数の来賓《らいひん》を招いて饗宴《きょうえん》する料理、体裁を主とした装飾料理があって、これもまた一種の日本料理として早くから発達し、その存在が許されている。

このほかに庶民が日常食として親しみを持つ郷土料理があって、これをお惣菜《そうざい》と呼び、日本食の代表的な地位を占め、日本人一億人ありとせば、九千五百万人はお惣菜という簡易日本料理によって生活し、これはこれなりに、愚かながらも旧来の食に楽しみをもっているようである。

しかし、万人《ばんにん》が日常食とするお惣菜料理の大部分は、あきらめの料理であって気の毒である。高いものは食えない、料理の工夫は知らない、旧慣をあり難《がた》いものにして、自分たちはこれでよいのだとあきらめているからである。

これにつけ込んだというわけでもあるまい、放送料理という困った料理放送が続いている。

＊

美味《うま》い不味《まず》いは無意味に成り立っているものではない。栄養の的確なバロメーターである。

＊

料理は自然を素材にし、人間の一番原始的な本能を充《み》たしながら、その技術をほとんど芸術にまで高めている。

＊

「人はその食するところのもの」と、ブリア・サヴァラン（『味覚の生理学』の著者）はいっている。その人の生活と、大きく考えれば人生に対する態度が窺われる。

＊

ほんとうにものの味がわかるためには、あくまで食ってみなければならない。ずっとつづけて食っているうちに、必ず一度はその食品がいやになる。一種の飽《あ》きが来る。この飽きが来た時になって、初めてそのものの味がはっきり分るものだ。

＊

料理の本義といったところで、別段むずかしいことはない。要するに美味《うま》いものを食うことである。しかし、美味いものといっても、値段の高い安いには関係がない。美味いものといえば、工夫によると思う者もあるだろうが、工夫だけでもだめだ。

料理のよしあしは、まず材料のよしあしいかんによる。材料の選択次第である。だから、材料の眼利《めき》きが肝心《かんじん》である。これは今まであまりいわれなかったが、従来の料理論のエアポケットだ。どのだいこんが、どのたいが、どのかつおぶしが美味いか、という鑑定、これがまず第一で、これを今まではお留守にしていた。これを抜かしては問題にならん。材料を見分ける力をまずつけること。こぶでも、ピンからキリまである。つまり、人絹《じんけん》と本絹《ほんけん》との区分で、自然のものにも人絹みたいなつまらんものもある。

＊

なんでもすべて基礎工事が大切だが、食物でもまず基礎教育が必要だ。豚でもいろいろある。何貫目ぐらいの豚、たいでも何百匁《もんめ》のたい、というふうに行かねばならぬ。鶏《にわとり》でも年老《と》ったのは不味《まず》い。卵を生む前のが美味い。かように鶏といっても千差万別である。

また料理では加減が大切だ。同じ材料でも、加減次第で美味くも不味くもなる。加減を知ること、それには料理でも、やはり、学ぶことが必要で、群盲象《ぐんもうぞう》を撫《な》ずるようなことではいけない。

＊

料理を美味く食わすという点からいえば、同じものでもよい器に容《い》れる。景色のよいところで食うことが望ましい。叶《かな》わぬまでも、なるべくそういうふうにする心がけが必要である。アパートでも、部屋をよい趣味で整えて食事をする。そういう心掛けが、料理を美味くする秘訣《ひけつ》だ。ただ食うだけというのではなく、美的な雰囲気《ふんいき》にも気を配る。これが結局はまた料理を美味《うま》くする。

絵でも、書でも、せいぜい趣味の高いものに越したことはない。これまた心の栄養で、人間をつくる上の大切な肥料なんだから。

料理というと、とかく食べ物だけに捉《とら》われるが、食べ物以外のこれらの美術も人間にとって欠くことの出来ない栄養物なんだから、大いに気を配ることが肝心《かんじん》だ。事実、食事の場合に、生理的にも好《よ》い影響があるようだ。

＊

僕のところに婦人雑誌の記者などが、なにか料理について話してくれって雑誌の記事をとりに来る。だが、そんなのにいったって、真に分ろうとしないんだから、いったってつまらん。なんでもそうだが、ちょっとおつとめで記事を取りに来る人なんかに、なにを話せるものかって、いつも話しゃしない。書く本人が分らんで、美味なんて記事はどうして読む人に分ると思えるものかって、いつもいってやるのさ。

＊

良寛《りょうかん》が否認する料理屋の料理とか、書家の書歌詠《よ》みの歌の意は、小生《しょうせい》、双手《もろて》を挙げて同感するが、世人は一向反省の色を見せない。世人の多くは真剣にものを考えないとしか考えられない。

＊

それにはそれの訳がある。もともと料理には無理がある。

＊

貧しき人々が貧しき人々の好みの料理をする。これはマッチしていて苦情はない。

＊

貧しき人々が富める人々の食事に手を出すでは、うまくマッチしない。

＊

貧しき人々と富める人々の中間に在る人々の料理は、まず貧しき人々の手になるであろうが辛抱《しんぼう》の出来るところ、出来なくてもしようはない。

＊

富める人はなんとしても貧しき人々の手で出来た料理を口にする以外に道はない。貴婦人は台所で立ち働く習慣がないからだ。

明治の元勲《げんくん》井上侯のように、あるいはアイゼンハウワーのように、来賓《らいひん》に供する料理は必ず自分でつくる、あるいは監督もする、献立《こんだて》はもちろん。こんなふうな人が多々あると、貴族は貴族同士、富豪《ふごう》は富豪同士で楽しめるわけだが、いずれの国にあっても、そうなってはいない。こうなると貧しき人々が、貧しき人々の好む料理をつくることが一番幸福であるようだ。

＊

野菜は新鮮でなければならぬ。八百屋《やおや》に干枯《ひから》びて積んであるものを買わず、足まめに近くに百姓家《ひゃくしょうや》があれば自分で買いに行くがいい。かえって安価につくかも知れない。

＊

台所のバケツにほうれん草を二日もつけておく人がある。ほうれん草は、台所用いけばなにあらず。

＊

砥石《といし》は庖丁《ほうちょう》に刃をつける時に使え。使用後の手入れをちょっと怠《なま》けると、すぐに庖丁はさびのきものをきてしまう。たまねぎも、きものを脱がして食べるのだから、庖丁も、きものを着たまま使うな。

＊

さかなを焼く時は……、

さかなというやつは、おもしろいものだ。じっと目を放さずに見つめていると、なかなか焼けない。それなのに、ちょっとよそ見をすると、急いで焦《こ》げたがる。

＊

人間は目をつけていると、急いで用事をするが、目をはなすと、さっそく怠けている。

＊

どうしても料理を美味《おい》しくつくれない人種がある。私はその人種を知っている。その名を不精者《ぶしょうもの》という。

＊

餅《もち》の中にも食べられぬ餅がある。やきもち、しりもち、提灯《ちょうちん》もち、とりもち。

＊

煮ても焼いても食えぬというしろものがある。せっかくの材料を煮たり焼いたりしたために、かえって食えなくしてしまう人もいる。お化粧したために、せっかくの美人がお化けになってしまうことだってある。

＊

ラジオで料理講習しているのをときどき聞いている。まさか豚や犬に食わす料理の講習ではあるまいな。豚や犬に食わせるようなものを配給したりするから、そこでラジオも、豚や犬に食わす料理を放送せねばならなくなるらしい。これは辛抱《しんぼう》料理ばかりだ。そして今に、優生学の講習の後で、おそらく種男を募集するつもりだろう。

＊

客になって料理を出されたら、よろこんでさっそくいただくがよろしい。遠慮しているうちに、もてなした人の心も、料理も冷《さ》めて、不味《まず》くなったものを食わねばならぬ。しかも、遠慮した奴にかぎって、食べ出せばたいがい大食いである。

＊

腹が空《へ》ってもひもじゅうない、というようなものには食わせなくてもよい。
腹がいっぱいでもまだ食いたい、というようなやつにも食わせなくてもよい。

＊

食事の時間がきたら食事をするという人がある。食事の時間だから食べるのではなく、腹が空ったから食べるのでなければ、美味《おい》しくはない。美味しいと思わぬものは、栄養にはならぬ。美味しいものは必ず栄養になる。

＊

心配するな、舌のあるうちは飢えぬ。
だが、女と胃袋には気をつけよ。

＊

腹が空っては戦《いく》さが出来ぬ。戦さをしなくなった日本に、腹が空ることだけを残してくれたのは悲劇だろうか。そんなら、なにを食べても美味しくはないという金持の生活は喜劇か。悲劇は希望を求め、喜劇は希望を忘れている。

＊

一に加える一は二なり。万歳《まんざい》は一加える一は三。万歳は二人でしゃべる。二人でしゃべるから一人でしゃべる時の二倍のボリュームがあるかというと、さにあらず、それよりはるかに効果は大きい。

塩は万歳に似ていると思え。一合の汁に入れた塩の十倍を一升の汁に入れて煮て見給え。集団すれば強くなるのは人間だけとはかぎらない。

＊

料理を教えるのに、塩何グラム、砂糖何匁《もんめ》などと、正確に出すなら、ねぎを適宜《てきぎ》に刻《きざ》み、塩胡椒《しおこしょう》少々などというような。なになにを何グラムというような料理法を、科学的文化人の生活だと思っている人がある。科学的文化人とは、塩何グラムではなく、科学する生活態度を身につけた自由人のことである。

＊

野蛮人《やばんじん》には、歯磨き粉を呑《の》ませても、胃病がなおるということだ。ライスカレーをつくる時、メリケン粉と炭酸をまちがえて入れる人が居はせぬか。しかも、食べてなおかつ気付かぬ人も、なきにしもあらず……。ただし、こんな料理は胃病のときにかぎりつくれ。

＊

料理をする時は、女の人は特に頭を手拭《てぬぐい》でカバーして料理すべし。ふけや髪の毛は味の素の代用にはならぬ。

＊

美味《うま》いもの食いの道楽《どくらく》は健康への投資と心得よ。

＊

日本料理は日本の美しい器にて、これは茶道にてきわめられている。けれども、今日《こんにち》の日本料理はもっと豊富なものになっている。また、科学的方面からも考察されている。われわれの味覚の嗜好《しこう》にも変化を来たしている。料理に使用される材料にしても、時代的な変遷《へんせん》が大《おお》いにあるであろう。今日の料理の堕落《だらく》は商業主義に独占されたからだと考えられる。家庭の料理は滅びる。家庭の料理が滅びることは、それだけ心身ともに不健康な人間が多くなることだ。

＊

料理に一番大事なことといえば、それは材料のよしあしを識《し》ることである。材料のさかな、あるいは蔬菜《そさい》など、優れてよいものを用いる場合は、料理は、おのずから易々《いい》たるものである。よほど頓馬《とんま》な真似《まね》をしないかぎり、美味《うま》い料理のできるのが当然である。

例えば瀬戸内海の生きのよいさかながあって、それが折りわるく下手な料理人の手にかかったとしても、種がよいために、どうにかこうにか美味く食えるものである。野菜にしても、京都のものなどで、新しいものを料理するならば、文句なしに美味いと決っているのである。それが場ちがいのもので、しかも古びた、さかなでいうなら、色の褪《あ》せた、臭気《しゅうき》のあるようなものでは、いかに腕のある料理人でも、どうしたって美味くはならないものである。野菜にしても、萎《しな》びて精気を欠いていては、味も香気もなく、ただもうつまらない食物にしかならないのである。こう考えて物が判《わか》るとき、材料のことをまず第一に心がけねばならぬ必要が起こるのである。材料の良否を心がけると同時に、次には材料の見分けがしかと掴《つか》めなくてはならないのである。

それには経験が充分できていないと、材料を目前にして、よしあしが分らないであろうから、買い物学とでもいう買いものの苦労を重ねなくてはならないのである。例えば婦人が呉服ものの選択に苦労するようにである。見れども見えず、食えどもその味が分らないというようでは、料理を拵《こしら》える資格もなければ、食う資格もないわけである。材料の良否は人の賢愚《けんぐ》善悪にも等しいもので、腐ったようなさかな、あるいは季節はずれの脂《あぶら》っ気《け》を失ったさかななどは、魂の腐った人間に比すこともできれば、低能あるいは不良に比すべきもので、優れた教育家の苦心が払われたとしても、その成果はおぼつかないものであると同様である。

ことに食物の材料は、さかなひと切れにしても、だいこん一本にしても、同じ値段で相当良否の別がある場合が間々《まま》あるのであるから、まず物を見てよいと認識して後、はじめて買いものをする習慣をつけることが肝要である。男なら酒のよしあしをやかましくいう酒呑《の》みのように、ものの吟味《ぎんみ》を注意深くするようになれば、料理のよしあしが語《かた》れるわけである。そこで概念的に考えねばならぬことは、値段の安いものは概《がい》して下《くだ》らぬものが多く、値段が高いものは総じて品物がよいということである。それは何物でもある。ただし、掘り出しものは別である。それはいうまでもない。

＊

誰でもふつうに、商売人の手になった料理は、美味いものかのように考えるが誤認である。なるほど、商売人は料理の玄人《くろうと》である。しかし、玄人はいろいろの条件において料理をする。第一に値段を考えて料理をするであろう。邪道《じゃどう》であるけれども、商売上であれば、採算のとれるようにするのが第一義で、料理は第二義。ここに堕落《だらく》がある。しかし、仕方のないことである。だから、われわれは玄人《くろうと》の料理だからといって、金出して食う料理は、美味《うま》いものとするのが誤り。そして、それが家庭の料理をも滅亡に導いてしまったのである。

＊

家庭の料理、実質料理、一元料理、そこにはなんらの思惑《おもわく》がはさまれていない。ありのままの料理。それは素人《しろうと》の料理であるけれども、一家の和楽、団欒《だんらん》がそれにかかわっているのだとすれば、精一杯の、まごころ料理になるのである。味噌汁《みそしる》であろうと、漬けものであろうと、なにもかもが美味い。それを今日の簡単主義と、ものぐさ主義が、商業料理へ追いやってしまって、家庭の料理は破滅に陥ったのである。

# 食通

太宰治

食通というのは、大食いの事をいうのだと聞いている。私は、いまはそうでも無いけれども、かつて、非常な大食いであった。その時期には、私は自分を非常な食通だとばかり思っていた。友人の檀一雄などに、食通というのは、大食いの事をいうのだと真面《まじ》目《め》な顔をして教えて、おでんや等で、豆腐、がんもどき、大根、また豆腐というような順序で際限も無く食べて見せると、檀君は眼を丸くして、君は余程の食通だねえ、と言って感服したものであった。伊馬鵜平《いまうへい》君にも、私はその食通の定義を教えたのであるが、伊馬君は、みるみる喜色を満面に湛え、ことによると、僕も食通かも知れぬ、と言った。伊馬君とそれから五、六回、一緒に飲食したが、果して、まぎれもない大食通であった。

安くておいしいものを、たくさん食べられたら、これに越した事はないじゃないか。当り前の話だ。すなわち食通の奥義である。

いつか新橋のおでんやで、若い男が、海老《えび》の鬼がら焼きを、箸《はし》で器用に剥《む》いて、おかみに褒《ほ》められ、てれるどころかいよいよ澄まして、またもや一つ、つるりとむいたが、実にみっともなかった。非常に馬鹿に見えた。手で剥いたって、いいじゃないか。ロシヤでは、ライスカレーでも、手で食べるそうだ。

# 私の好きな夏の料理〈より〉

「中央公論」大正7年8月号

## ○ 永井荷風

暑中にはあっさりしたものに限る。まず西洋風ならば、コンソンメエに素麺なぞを入れたもの。魚は鮎。Sandwiches á la Laitue（サンドイッチ青菜を挟み入れしもの）それにアスペルヂか赤茄子（生のまま）白葡萄酒 Hante Sauterne か Royal Marceaux 少し甘味ありてよし。次に珈琲、Confiture（煮た果物）この位にて結構なり。日本風ならば、今戸浜金鮒雀焼《ふなすずめやき》、冷奴豆腐、茄子シギ焼、水貝別にほしきものなし。白ぶどう酒日本食にも入用なり

## ○ 島崎藤村

冷豆腐

○　泉　鏡　花

夏のお料理は体裁よりきどりより何より蠅をたからせないのが第一に候理屈はよしてもアノ汚さッたらありませんからね

煮たてのもの、あつい番茶結構

○　鈴木三重吉

1、塩味の少ない、胡瓜の漬物（私の家では、ヌカミソへビールや酒を入れる）を、まるごと氷で冷し、それから切って醤油をかけて食うと甘いです。これは毎晩晩酌のときやります。試して御覧なさい。

2、鯛の切身と一しょに、氷で冷した冷奴。豆腐はざっと湯煮《ゆに》をすると安全且つ崩れません。烏賊のさしみわさびを死ぬるほど沢山入れる。

3、午飯には反対に、アナゴ、鶏、なぞを、からから煮たので、熱い飯を食うのが好き。広島で取りたての車海老の皮をむいてズブ切りにして、食った、さしみの味を忘れ得ず。

○　　　　　　　　　　芥川龍之介

鯛のうしお　枝豆の塩うで　鮑の塩むし　海老の黄味あえ、鯛の魚田《ぎょでん》　鴨ロオス——まだいくらでもありそうです。食後には大きな赤茄子を五六つ食う事

○　　　　　　　　　　菊池　寛

矢張り西洋料理で、夫《それ》も冷肉にトマトをあしらったようなものが好きです、夫に新鮮なうまいデザートを沢山食いたいと思います、

○　　　　　　　　　　佐藤春夫

せっかくの御質問ながら私には御門違いです。田舎者で味覚などはロクに備えて居ない上に、無趣味な生活をして居ますから。私は友人などと外へでても、食べたいものの注文を自分ですることはありません。私には食物そのものよりも、涼しい部屋と、友達が二三人居るといいと思います。それから、どうぞ御見つくろいで、何かいい菓物はないか知ら。後で。

○　　　　　　　　　　岡本綺堂

あまり贅沢に育たぬ小生に御座《ござ》候《そうろう》間《あいだ》、料理の方面は一向不案内に候へども、暑寒を通じて鰻の蒲焼が第一の好物に御座候。夏にかぎるものは鮎の塩焼、茄子のしぎ焼き。奴豆腐。白瓜の漬物。先ずこんなところに御座候。洋食もコールドと名のつくものすべて夏によろしく御座候。早々。

# くだもの

正岡子規

植物学の上より見たるくだものでもなく、産物学の上より見たるくだものでもなく、ただ病床で食うて見たくだものの味のよしあしをいうのである。間違うておる処は病人の舌の荒れておる故と見てくれたまえ。

○くだものの字義　くだもの、というのはくだすものという義で、くだすというのは腐ることである。菓物《くだもの》は凡《すべ》て熟するものであるから、それをくさるといったのである。大概の菓物はくだものに違いないが、栗、椎《しい》の実、胡桃《くるみ》、団栗《どんぐり》などいうものは、くだものとはいえないだろう。さらばこれらのものを総称して何というかといえば、木の実というのである。木の実といえば栗、椎の実も普通のくだものも共に包含せられておる理窟であるが、俳句では普通のくだものは皆別々に題になって居るから、木の実といえば椎の実の如き類の者をいうように思われる。しかしまた一方からいうと、木の実というばかりでは、広い意味に取っても、覆盆子《いちご》や葡萄《ぶどう》などは這入らぬ。そこで木の実、草の実と並べていわねば完全せぬわけになる。この点では、くだものといえば却《かえ》って覆盆子も葡萄もこめられるわけになる。くだもの類を東京では水菓子という。余の国などでは、なりものともいうておる。

○くだものに準ずべきもの　畑に作るものの内で、西瓜《すいか》と真桑瓜《まくわうり》とは他の畑物とは違うて、却ってくだものの方に入れてもよいものであろう。それは甘味があってしかも生《なま》で食う所がくだものの資格を具えておる。

○くだものと気候　気候によりてくだものの種類または発達を異にするのはいうまでもない。日本の本州ばかりでいっても、南方の熱い処には蜜柑《みかん》やザボンがよく出来て、北方の寒い国では林檎《りんご》や梨がよく出来るという位差はある。まして台湾以南の熱帯地方では椰子《やし》とかバナナとかパインアップルとかいうような、まるで種類も味も違った菓物がある。江南の橘《たちばな》も江北に植えると枳殻《きこく》となるという話は古くよりあるが、これは無論の事で、同じ蜜柑の類でも、日本の蜜柑は酸味が多いが、支那の南方の蜜柑は甘味が多いという程の差がある。気候に関する菓物の特色をひっくるめていうと、熱帯に近い方の菓物は、非常に肉が柔かで酸味が極めて少い。その寒さの強い国の菓物は熱帯程にはないが、やはり肉が柔かで甘味がある。中間の温帯のくだものは、汁が多く酸味が多き点において他と違っておる。しかしこれはごく大体の特色で、殊にこの頃のように農芸の事が進歩すると、いろいろの例外が出来てくるのはいうまでもない。

○くだものの大小　くだものは培養の如何によって大きくもなり小さくもなるが、違う種類の菓物で大小を比較して見ると、準くだものではあるが、西瓜が一番大きいであろう。一番小さいのは榎実《えのみ》位で鬼貫《おにつら》の句にも「木にも似ずさても小さき榎実かな」とある。しかし榎実はくだものでないとすれば、小さいのは何であろうか。水菓子屋がかつてグースベリーだというてくれたものは榎実より少し大きい位のものであったが、味は旨くもなかった。野葡萄なども小さいか知らん。凡て野生の食われぬものは小さいのが多い。大きい方も西瓜を除けばザボンかパインアップルであろう。椰子の実も大きいが真物《ほんもの》を見た事がないから知らん。

○くだものと色　くだものには大概美しい皮がかぶさっておる。覆盆子桑の実などはやや違う。その皮の色は多くは始め青い色であって、熟する程黄色かまたは赤色になる。中には紫色になるものもある。（西瓜の皮は始めから終りまで青い）普通のくだものの皮は赤なら赤黄なら黄と一色であるが、林檎《りんご》に至っては一個の菓物の内に濃紅や淡紅や樺《かば》や黄や緑や種々な色があって、色彩の美を極めて居る。その皮をむいて見ると、肉の色はまた違うて来る。柑類は皮の色も肉の色も殆ど同一であるが、柿は肉の色がすこし薄い。葡萄の如きは肉の紫色は皮の紫色よりも遥《はるか》に薄い。あるいは肉の緑なのもある。林檎に至っては美しい皮一枚の下は真白の肉の色である。しかし白い肉にも少しは区別があってやや黄を帯びているのは甘味が多うて、青味を帯びているのは酸味が多い。

○くだものと香　熱帯の菓物は熱帯臭くて、寒国の菓物は冷たい匂がする。しかし菓物の香気として昔から特に称するのは柑類である。殊にこの香ばしい涼しい匂は酸液から来る匂いであるから、酸味の強いものほど香気が高い。柚《ゆず》、橙《だいだい》の如きはこれである。その他の一般の菓物は殆ど香気を持たぬ。

○くだものの旨き部分　一個の菓物のうちで処によりて味に違いがある。一般にいうと心《しん》の方よりは皮に近い方が甘くて、尖《さき》の方よりは本の方　即《すなわち》軸の方が甘味が多い。その著しい例は林檎である。林檎は心までも食う事が出来るけれど、心には殆ど甘味がない。皮に近い部分が最も旨いのであるから、これを食う時に皮を少し厚くむいておいて、その皮の裏を吸うのも旨いものである。しかるにこれに反対のやつは柿であって柿の半熟のものは、心の方が先ず熟して居って、皮に近い部分は渋味を残して居る。また尖の方は熟して居っても軸の方は熟して居らぬ。真桑瓜《まくわうり》は尖の方よりも蔓《つる》の方がよく熟して居るが、皮に近い部分は極めて熟しにくい。西瓜などは日表《ひおもて》が甘いというが、外の菓物にも太陽の光線との関係が多いであろう。

○くだものの鑑定　皮の青いのが酸くて、赤いのが甘いという位は誰にもわかる。林檎のように種類の多いものは皮の色を見て味を判定することが出来ぬが、ただ緑色の交っている林檎は酸《す》いという事だけはたしかだ。梨は皮の色の茶色がかっている方が甘味が多くて、やや青みを帯びている方は汁が多く酸味が多い。皮の斑点の大きなのはきめの荒いことを証し、斑点の細かいのはきめの細かいことを証しておる。蜜柑は皮の厚いのに酸味が多くて皮の薄いのに甘味が多い。貯えた蜜柑の皮に光沢があって、皮と肉との間に空虚のあるやつは中の肉の乾《ひから》びておることが多い。皮がしなびて皺《しわ》がよっているようなやつは必ず汁が多くて旨い。

○くだものの嗜好　菓物は淡泊なものであるから普通に嫌いという人は少ないが、日本人ではバナナのような熱帯臭いものは得食わぬ人も沢山ある。また好きという内でも何が最も好きかというと、それは人によって一々違う。柿が一番旨いという人もあれば、柿には酸味が無いから菓物の味がせぬというて嫌う人もある。梨が一番いいという人もあれば、菓物は何でもくうが梨だけは厭だという人もある。あるいは覆盆子《いちご》を好む人もあり葡萄をほめる人もある。桃が上品でいいという人もあれば、林檎ほど旨いものはないという人もある。それらは十人十色であるが、誰も嫌わぬもので最も普通なものは蜜柑である。かつ蜜柑は最も長く貯え得るものであるから、食う人も自《おのずか》ら多いわけである。

○くだものと余　余がくだものを好むのは病気のためであるか、他に原因があるか一向にわからん。子供の頃はいうまでもなく書生時代になっても菓物は好きであったから、二ケ月の学費が手に入って牛肉を食いに行ったあとでは、いつでも菓物を買うて来て食うのが例であった。大きな梨ならば六つか七つ、樽柿《たるがき》ならば七つか八つ、蜜柑ならば十五か二十位食うのが常習であった。田舎へ行脚《あんぎゃ》に出掛けた時なども、普通の旅籠の外に酒一本も飲まぬから金はいらぬはずであるが、時々路傍の茶店に休んで、梨や柿をくうのが癖であるから、存外に金を遣うような事になるのであった。病気になって全く床を離れぬようになってからは外に楽みがないので、食物の事が一番贅沢になり、終には菓物も毎日食うようになった。毎日食うようになっては何が旨いというよりは、ただ珍しいものが旨いと云う事になって、とりとめた事はない。その内でも酸味の多いものは最も厭《あ》きにくくて余計にくうが、これは熱のある故でもあろう。夏蜜柑などはあまり酸味が多いので普通の人は食わぬけれど、熱のある時には非常に旨く感じる。これに反して林檎のような酸味の少い汁の少いものは、始め食う時は非常に旨くても、二三日も続けてくうとすぐに厭きが来る。柿は非常に甘いのと、汁はないけれど林檎のように乾いて居らぬので、厭かずに食える。しかしだんだん気候が寒くなって後にくうと、すぐに腹を傷めるので、先年も胃痙をやって懲り懲りした事がある。梨も同し事で冬の梨は旨いけれど、ひやりと腹に沁み込むのがいやだ。しかしながら自分には殆ど嫌いじゃという菓物は無い。バナナも旨い。パインアップルも旨い。桑の実も旨い。槙《まき》の実も旨い。くうた事のないのは杉の実と万年青《おもと》の実位である。

○覆盆子《いちご》を食いし事　明治二十四年六月の事であった。学校の試験も切迫して来るのでいよいよ脳が悪くなった。これでは試験も受けられぬというので試験の済まぬ内に余は帰国する事に定めた。菅笠《すげがさ》や草鞋《わらじ》を買うて用意を整えて上野の汽車に乗り込んだ。軽井沢に一泊して善光寺に参詣してそれから伏見山まで来て一泊した。これは松本街道なのである。翌日猿が馬場という峠《とうげ》にかかって来ると、何にしろ呼吸病にかかっている余には苦しい事いうまでもない。少しずつ登ってようよう半腹《はんぷく》に来たと思う時分に、路の傍に木いちごの一面に熟しているのを見つけた。これは意外な事で嬉しさもまた格外であったが、少し不思議に思うたのは、何となくそこが人が作った畑のように見えた事である。やや躊躇《ちゅうちょ》していたが、このあたりには人家も畑も何も無い事であるからわざわざかような不便な処へ覆盆子を植えるわけもないという事に決定して終《つい》に思う存分食うた。喉は乾いて居るし、息は苦しいし、この際の旨さは口にいう事も出来ぬ。

明治二十六年の夏から秋へかけて奥羽行脚を試みた時に、酒田から北に向って海岸を一直線に八郎湖まで来た。それから引きかえして、秋田から横手へと志した。その途中で大曲《おおまがり》で一泊して六郷を通り過ぎた時に、道の左傍に平和街道へ出る近道が出来たという事が棒杭《ぼうぐい》に書《かい》てあった。近道が出来たのならば横手へ廻る必要もないから、この近道を行って見ようと思うて、左へ這入て行ったところが、昔からの街道で無いのだから昼飯を食う処も無いのには閉口した。路傍の茶店を一軒見つけ出して怪しい昼飯を済まして、それから奥へ進んで行く所がだんだん山が近くなる程村も淋しくなる、心細い様ではあるがまたなつかしい心持もした。山路にかかって来ると路は思いの外によい路で、あまり林などは無いから麓村《ふもとむら》などを見下して晴れ晴れとしてよかった。しかし人の通らぬ処と見えて、旅人にも会わねば木樵《きこり》にも遇《あ》わぬ。もとより茶店が一軒あるわけでもない。頂上近く登ったと思う時分に向うを見ると、向うは皆自分の居る処よりも遥《はるか》に高い山がめぐっておる。自分の居る山と向うの山との谷を見ると、何町あるかもわからぬと思う程下へ深く見える。その大きな谷あいには森もなく、畑もなく、家もなく、ただ奇麗な谷あいであった。それから山の脊《せ》に添うて曲りくねった路を歩むともなく歩んでいると、遥《はるか》の谷底に極平たい地面があって、そこに沢山点を打ったようなものが見える。何ともわからぬので不思議に堪えなかった。だんだん歩いている内に、路が下っていたと見え、曲り角に来た時にふと下を見下すと、さきに点を打ったように見えたのは牛であるという事がわかるまでに近づいていた。いよいよ不思議になった。牛は四五十頭もいるであろうと思われたが、人も家も少しも見えぬのである。それからまた暫く歩いていると、路傍の荊棘《いばら》の中でがさがさという音がしたので、余は驚いた。見ると牛であった。頭の上の方の崖でもがさがさという、そこにも牛がいるのである。向うの方がまたがさがさいうので牛かと思うて見ると今度は人であった。始て牛飼の居る事がわかった。崖の下を見ると牛の群がっておる例の平地はすぐ目の前にまで近づいて来て居ったのに驚いた。余の位地は非常に下って来たのである。そこらの叢《くさむら》にも路にも幾つともなく牛が群れて居るので余は少し当惑したが、幸に牛の方で逃げてくれるので通行には邪魔にならなかった。それからまた同じような山路を二三町も行《いっ》た頃であったと思う、突然左側の崖の上に木いちごの林を見つけ出したのである。あるもあるも四五間の間は透間《すきま》もなき、いちごの茂りで、しかも猿が馬場で見たような痩《やせ》いちごではなかった。嬉しさはいうまでもないので、餓鬼《がき》のように食うた。食うても食うても尽きる事ではない。時時後ろの方から牛が襲うてきやしまいかと恐れて後振り向いて見てはまた一散に食い入った。もとより厭《あ》く事を知らぬ余であるけれども、日の暮れかかったのに驚いていちご林を見棄てた。大急ぎに山を下りながら、遥かの木の間を見下すと、麓の村に夕日の残っておるのが画の如く見えた。あそこいらまではまだなかなか遠い事であろうと思われて心細かった。

明治廿八年の五月の末から余は神戸病院に入院して居った。この時虚子《きょし》が来てくれてその後碧梧桐《へきごとう》も来てくれて看護の手は充分に届いたのであるが、余は非常な衰弱で一杯の牛乳も一杯のソップも飲む事が出来なんだ。そこで医者の許しを得て、少しばかりのいちごを食う事を許されて、毎朝これればかりは闕《か》かした事がなかった。それも町に売っておるいちごは古くていかぬというので、虚子と碧梧桐が毎朝一日がわりにいちご畑へ行て取て来てくれるのであった。余は病床でそれを待ちながら二人が爪上りのいちご畑でいちごを摘《つ》んでいる光景などを頻《しき》りに目前に描いていた。やがて一籠《ひとかご》のいちごは余の病床に置かれるのであった。このいちごの事がいつまでも忘れられぬので余は東京の寓《ぐう》居《きょ》に帰って来て後、庭の垣根に西洋いちごを植えて楽んでいた。

○桑の実を食いし事　信州の旅行は蚕時《かいこどき》であったので道々の桑畑はいずこも茂っていた。木曾へ這入ると山と川との間の狭い地面が皆桑畑である。その桑畑の囲いの処には幾年も切らずにいる大きな桑があって、それには真黒な実がおびただしくなっておる。見逃がす事ではない、余はそれを食い始めた。桑の実の味はあまり世人に賞翫《しょうがん》されぬのであるが、その旨さ加減は他に較《くら》べる者も無い程よい味である。余はそれを食い出してから一瞬時も手を措《お》かぬので、桑の老木が見える処へは横路でも何でもかまわず這入って行って貪《むさぼ》られるだけ貪った。何升《なんしょう》食ったか自分にもわからぬが兎に角それが為にその日は六里許《ばか》りしか歩けなかった。寝覚《ねざめ》の里へ来て名物の蕎麦《そば》を勧められたが、蕎麦などを食う腹はなかった。もとよりこの日は一粒の昼飯も食わなかったのである。木曾の桑の実は寐覚蕎麦より旨い名物である。
○苗代茱萸《なわしろぐみ》を食いし事　同じ信州の旅行の時に道傍の家に苗代茱萸が真赤になっておるのを見て余はほしくて堪らなくなった。駄菓子屋などを覗いて見ても茱萸を売っている処はない。道で遊《あそ》んでいる小さな児が茱萸を食いながら余の方を不思議そうに見ておるなども時々あった。木曾路へ這入って贄川《にえかわ》まで来た。ここは木曾第一の難処と聞えたる鳥井峠の麓で名物蕨餅《わらびもち》を売っておる処である。余はそこの大きな茶店に休んだ。茶店の女主人と見えるのは年頃卅《さんじゅう》許りで勿論眉を剃っておるがしんから色の白い女であった。この店の前に馬が一匹繋いであった。余は女主人に向いて鳥井峠へ上るのであるが馬はなかろうかと尋ねると、ちょうどその店に休《やすん》でいた馬が帰り馬であるという事であった。その馬士《まご》というのはまだ十三四の子供であったが、余はこれと談判して鳥井峠頂上までの駄賃を十銭と極めた。この登路の難儀を十銭で免れたかと思うと、余は嬉しくって堪まらなかった。しかしそこらにいた男共がその若い馬士をからかう所を聞くと、お前は十銭のただもうけをしたというようにいうて、駄賃が高過ぎるという事を暗に諷《ふう》していたらしかった。それから女主人は余に向いて蕨餅を食うかと尋ねるから、余は蕨餅は食わぬが茱萸《ぐみ》は無いかと尋ねた。そうすると、その茱萸というのがわからぬので、女主人はそこらに居る男共に相談して見たが、誰にもわからなかった。余は再び手真似を交ぜて解剖的の説明を試みた所が、女主人は突然と、ああサンゴミか、というた。それならば内の裏にもあるから行って見ろというので、余は台所のような処を通り抜けて裏まで出て見ると、一間半許りの苗代茱萸が累々《るいるい》としてなって居った。これをくれるかといえば、幾らでも取れという。余が取りつつある傍へ一人の男が来て取ってくれる、女主人はわざわざ出て来て何か指図をしている。ハンケチに一杯ほど取りためたので、余はきりあげて店へ帰って来た。この代はいくらやろうかというと、代はいりませんという。しかたがないから、少し許りの茶代を置いて余は馬の背に跨《また》がった。女主人など丁寧に余を見送った。菅笠を被っていても木曾路ではこういう風に歓待をせられるのである。馬はヒョクリヒョクリと鳥井峠と上って行く。おとなしそうなので安心はしていたが、時々絶壁に臨んだ時にはもしや狭い路を踏み外しはしまいかと胆《きも》を冷やさぬでもなかった。余はハンケチの中から茱萸を出しながらポツリポツリと食うている。見下せば千仭《せんじん》の絶壁鳥の音も聞えず、足下に連なる山また山南濃州に向て走る、とでもいいそうなこの壮快な景色の中を、馬一匹ヒョクリヒョクリと歩んでいる、余は馬上に在《あ》って口を紫にしているなどは、実に愉快でたまらなかった。茱萸はとうとう尽きてしまった、ハンケチは真赤に染んでいる、もう鳥井峠の頂上は遠くはないようであった。
○御所柿《ごしょがき》を食いし事　明治廿八年神戸の病院を出て須磨や故郷とぶらついた末に、東京へ帰ろうとして大坂まで来たのは十月の末であったと思う。その時は腰の病のおこり始めた時で少し歩くのに困難を感じたが、奈良へ遊ぼうと思うて、病を推《お》して出掛けて行た。三日程奈良に滞留の間は幸に病気も強くならんので余は面白く見る事が出来た。この時は柿が盛《さかん》になっておる時で、奈良にも奈良近辺の村にも柿の林が見えて何ともいえない趣であった。柿などというものは従来詩人にも歌よみにも見離されておるもので、殊に奈良に柿を配合するというような事は思いもよらなかった事である。余はこの新たらしい配合を見つけ出して非常に嬉しかった。ある夜夕飯も過ぎて後、宿屋の下女にまだ御所柿は食えまいかというと、もうありますという。余は国を出てから十年程の間御所柿を食った事がないので非常に恋しかったから、早速沢山持て来いと命じた。やがて下女は直径一尺五寸もありそうな錦手の大丼鉢《どんぶりばち》に山の如く柿を盛て来た。流石柿好きの余も驚いた。それから下女は余の為に庖丁を取て柿をむいでくれる様子である。余は柿も食いたいのであるがしかし暫しの間は柿をむいている女のややうつむいている顔にほれぼれと見とれていた。この女は年は十六七位で、色は雪の如く白くて目鼻立まで申分のないように出来ておる。生れはどこかと聞くと、月か瀬の者だというので余は梅の精霊でもあるまいかと思うた。やがて柿はむけた。余はそれを食うているると彼は更に他の柿をむいでいる。柿も旨い、場所もいい。余はうっとりとしているとボーンという釣鐘の音が一つ聞こえた。彼女は、オヤ初夜が鳴るというてなお柿をむきつづけている。余にはこの初夜というのが非常に珍らしく面白かったのである。あれはどこの鐘かと聞くと、東大寺の大釣鐘が初夜を打つのであるという。東大寺がこの頭の上にあるかと尋ねると、すぐそこですという、余が不思議そうにしていたので、女は室の外の板間に出て、そこの中障子を明けて見せた。成程東大寺は自分の頭の上に当っている位である。何日の月であったかそこらの荒れたる木立の上を淋しそうに照している。下女は更に向うを指して、大仏のお堂の後ろのあそこの処へ来て夜は鹿が鳴きますからよく聞えます、という事であった。

# バナナは皮を食う

牧野富太郎

バナナは食用果実で、誰《だ》れでもよく知っているでしょうが、この頃は以前と違ってバナナの産地が皆日本と離れて他国の領分になったので、従ってそのバナナが日本へ来る事が稀れで、なかなか市場でも見掛ける事が出来ない、そんな訳で今日の幼い子供などは、バナナを知らぬものが多かろう。

かつて台湾から内地へ来たバナナは、皆緑をした未熟実であった、これを現地で採取し、それを大きな竹籠に詰めて神戸などへ持ち来り、税関の検査が済むと仲買商人に分売するのであった、買った商人はこれを持ち帰り、地下の室に入れて数日おくと、それが段々黄色となり、肉も軟かくなる、そうなると、そこでそれを商品として小売人に売り渡すのであった。

バナナはバナナバショウ一名実《み》バショウ、即ち学名で言えばMusa panadisiaca var. sapienfumなる宿根大形の草本（西洋の学者は俗にBanana-tree と云っている）に生《な》る実である、このバナナバショウはその草状が我が邦《くに》にあるバショウと同様な姿をしているが、バショウよりはズット太くなり、葉も大形で質が丈夫で葉裏が白色を呈している、花穂《かすい》も花形もバショウのそれと同じ姿ではあるが、しかしその花穂を擁《よう》している（のち散落する）大形な苞《ほう》が紫色で、我がバショウの褐黄色とは違っている、この花穂上に房をなして出る果実が所謂《いわゆる》バナナである、そしてこのバナナの名は元《も》とギニア（アフリカ）の土言《どごん》であると謂《い》われる。

バナナバショウは支那では甘蕉《カンショウ》と云われる、芭蕉もその一名である、この芭蕉の字面を日本にあるバショウに用いるのは間違っている、たとえバショウの和名がそれから出ているとしても、それは昔の学者の誤認から来た誤りである。

このバナナバショウは、東京でも温室内ではよく見られた、この間も新聞で北海道の温室内で見事に実が生ったとその写真が出ていたが、温室内なら出来るであろう、九州南部の薩摩辺《あたり》では地植えのものに実が生るのが見られるから、種子ヶ島などに作れば多少収穫が期待せらるるであろう。

バナナは、前に云った通り一の果実であるが、しかればバナナはその実のどの部を食っているかと言うと、それはバナナの皮を食っているのである、バナナには身と云う部分が殆んどなく、その全部が皮、即ち果皮で出来ているが、その食う部分は皮だという感じはしないから、普通の人は、皮を食っているとは誰れもが思っていないだろう、これは決して嘘の皮を云っているのでなく全く本当の事実なのである、しかしこの事実を知っている人は先ず殆んどボタニストのみであろうが、たとえボタニストでも、それを常識的に知っていて、咄嗟《とっさ》に皮を食っていると答えの出来る人はそう多くはあるまい、サアソレハと先ず始めは目を瞠《みは》って考一考し、漸く答えをする位のことであろう。

バナナは実《じつ》は変質せる果実であって、本当は果実本然の役目は勤まらない果実だ、つまり変態果実なのである、そして一向に果実受持ちの種子が出来ないから、バナナバショウに取っては無駄な余計な果実と云うより他に評しようがない、がしかし、不具とは言えこんな珍無類の果実が生ってくれるから、吾人の口を賑わすのだが、若《も》しもこれが種子の出来る果実であったなら、食えるどころの騒ぎじゃなく全く無用の長物だ、このバナナバショウの変り品には本当に発芽力ある種子の出来るものがあるが、そんなのは全然食える果実とはならない。

バナナを横切りにして見ると、植物学上で云う外果皮と内果皮とで出来ている、吾等の食っている部分はその内果皮であって、この部は軟らかい細胞質の厚い肉で成っている、そしてその最も内、即ち果実の中心に当って殆んど痕跡的な軟かき不熟の種子が、僅かに黒味がかって見えている。

バナナの外果皮は通常、人が皮だとして剥ぎ棄てる部分で、これは繊維質であるから、内部の細胞質の肉、即ち内果皮から容易に離れて取れる、この部分は堅くて食用にはならぬから剥いで捨てられる、このようにバナナの外果皮と内果皮とがバナナの皮であって、バナナは全部皮で出来て居り、そしてその外皮を捨て内皮を食っているのである。これバナナは皮を食うと云う所以《ゆえん》である。

家庭で子供がバナナを食う時、御母さんは、少くも上に書いた位の知識を持っていて、子供達に話してやる位にまで日本が進歩せねばならないじゃないか、今日《こんにち》の御母さんは、果物などに就いてもその知識が充分であると言い得ないのは頗《すこぶ》る残念である、オランダイチゴ（ストローベリ）はどこを食っているか、それは茎の末端を食っていると言ったら、大抵の人はビックリするであろうが、事実は全くそうなのだから仕方がない。

蜜柑は毛を食うと言ったら、これまた誰れもが怪訝《けげん》な顔をするのであろう、事実、蜜柑に毛が生えなかったなら、蜜柑は食える果物とはならない筈だ、子房の壁面から多数に生え出した一細胞の毛が、後に蜜柑の実の嚢《ふくろ》の中へ一杯に成長増大して嚢内《のうない》を埋め、その毛の内に甘味の液汁が出来るので、その結果、蜜柑は著明な食用果実となっているのである。

# 果物地獄

直木三十五

マンゴーの味を覚えた。昨年の春からだ。上海《シャンハイ》へ行って女中に「マンゴー、マンゴー――これじゃ足りないよ。十程《とおほど》もって来ておいてくれ」

「余《あ》んまり上りますと、ほほほほ」

「何がおかしい、女が上海へ行ったら、マンゴーを、うんと食ってきてくれって――」

「はいはい」

船の中でも、食後には、マンゴー、神戸へ着いた時、それだけが、悲しかった。だが、無いものは、仕方がないので、いつの間にか、諦めてしまったら、なんと、瓶づめでちゃんと、千疋屋に来てやがる。瓶詰なんぞうまくないだろう、と、試みに食ってみると、いかにも拙《まず》い。しかし、一瓶六円五十銭というのだから、

（勿体無い、食っちまえ）

と、二片目《ふたきれめ》を食うと、前のよりいくらかうまい。種類がちがうか、下の方のがうまいのかと、三片目を食うと、またうまくなっている。四片目を食べると、

「瓶づめでも食えるぞ」

そう思った時に、しまった――それが、マンゴーの特色なんだ、食っていると、だんだんうまくなってくる。うまい、と思ったが最後、逃られないマンゴー地獄だ。

「うまいんなら食ってみようか」

私の子供が、また果物好きで、一片食べて、

「うまいよ」

二片、三片。六円五十銭一夜にして空いてしまった。一夜六円五十銭とすれば、一ヶ月で百九十五円。これはいかんと思ったが、一晩二三切れならいいだろうと、次の瓶を買ってきて、最初の夜《や》は、三切れですんだが、翌日、食べようとすると、こりゃどうじゃ。子供が、げっそりと減らしてしまっている。仕方が無いから、食ってしまって、もう買うまい、と決心したが、千疋屋が気にかかって仕方が無い、だが、月に百九十五円、ぶるぶると思って、一夜は我慢したが、もう一瓶だけ、一日一片。子供にも、一片しか食うな、とは云ったが、一日中マンゴーの番をしている訳にも行かぬ、戻ってくると、瓶

が半分位になっている。二十円、マンゴーを食って、昨日から、どうして、この誘惑をのがれようかと、オレンジを食うが、オレンジはマンゴーじゃないし、甘酒をのむが、これもマンゴーじゃない。どう考えても、月に二百円は、出せないし、外《ほか》の物を食わんでも食いたいし、阿片とはこんなものかとおもっている。

そんなにうまいかと聞かれても、うまいとは、答えられない。初めての人には、少し臭いですよ、という位だが、大してうまくもないのに、なんて食いたくなる味であろう。マンゴーは、この位好きだが、ドリアンには参った。果物なら、人にひけはとらぬが、どうしても、ドリアンの味にはなじめない。食えないから打っちゃっておいたら、老妻が勿体無いと云って、熊の胃をしゃぶるように、嘗《な》めていたが、その内に

「おいしなってきた」

と、ペラペラ食い出した。マンゴーの瓶詰で、地獄へ落ちているので、ドリアンも食うときっとうまくなるとは、この事で信じているが、手を出さない事にしている。千疋屋の飾窓の中に、ドリアンが、いつでも一個転がっているが、

「畜生、手前だけは食ってやらないぞ」

と、睨みつけて通る事にしている。ドリアンの熟する頃、土人が木の下で立って、待っているという話は嘘でないであろう。日本でマンゴーが育つなら、僕はマンゴー屋になる。

# ラムネ・他四編

萩原朔太郎

## ラムネ

　ラムネというもの、不思議になつかしく愉快なものだ。夏の氷屋などでは、板に丸い穴をあけて、そこに幾つとなく、ラムネを逆さにして立てて居る。それがいかにも、瓦《ガ》斯《ス》のすさまじい爆音を感じさせる。僕のある友人は、ラムネを食って腹が張ったと言った。あれはたしかに瓦斯で腹を充満させる。

　だがこの頃、ラムネというものを久しく飲まない。僕の子供の時には、まだシャンパンサイダというものがなく、主としてラムネを飲用した。この頃では、もうラムネが古風なものになり、俳句の風流な季題にさえもなってしまった。それで僕が上野に行くと、あの竹の台の休み茶屋でラムネを飲む。それがいかにも、僕を田舎者らしく感じさせ、世間を離れた空の上で、旗のへんぽんたるものを感じさせる。僕はラムネを飲むと、ふしぎに故郷のことを連想するから。

## アイスクリーム

帝劇にバンドマン歌劇が来た時、二階も桟敷も、着飾った西洋人で一杯だった。女たちは黒い毛皮の外套を着て、桟敷の背後から這入って来た。連れの男がそれを脱ぐと、皆真白な肌を出した。半裸体の彫像だった。

この裸体の人魚たちが、幕間にぞろぞろと廊下を歩いた。白皙《はくせき》の肌の匂いと、香水の匂いとでぎっちりだった。ところどころに、五六人の女が集まり、小さな群団をつくっていた。一人がアイスクリームのグラスを持ち、皆がそれを少し宛、指につまんで喰べてるのである。その女たちの指には、薄い鹿皮の手袋がはめてあった。

僕は始めて知った。アイスクリームというものは、鹿皮の手袋をした上から、指先でつまんで食うものだということを――。女たちは嬉々としてしゃべっていた。

## ソーダ水

ソーダ水に麦稈《むぎわら》の管をつけて吸うこと、同じように西洋文明の趣味に属する。あれは巴里の珈琲店で、若い女と気の軽い話をしつつ、静かに時間を楽しんで吸うべきものだ。日本の慌ただしき生活と、東京の雑駁《ざっぱく》なる市街の店で、いかにあの麦稈は不調和なるかな！　僕は第一にソーダ水から、あの『腹の立つもの』を取り捨ててしまう。

## 玉露水

昔は玉露水というのがあった。厚い錫の茶碗の中に、汲み立ての冷水を盛って飲むのである。いつか遠い昔のことだ。死んだ祖母に連れられて伊香保から榛名《はるな》を越えた。山の中腹の休み茶屋で、砂糖の少し入った玉露水を飲んだ。

玉露水は、今の氷水よりもずっとつめたく、清水のように澄みきっている。

## 麦酒

瀧を見ながら麦酒が飲みたい。

# 飲料のはなし

佐藤春夫

わたくしは老来、毎年少しずつ肥満して今はいつも十八貫以上、下着なども普通のものでは間に合わないが、こんな男一疋《おとこいっぴき》の体重になったのは四十以後で、少年の頃は骨と皮ばかりの痩せっぽち、それでいて頑健この上なし樫の木のようなと云われた体質で、五尺六寸に近い身長で体重は十二貫あるなしであった。

痩せていたせいか暑さは一向苦にならず、汗なども少しも流れない。今は暑気も厭《いと》わしく汗も一人前に湧くが、体の肥痩に関わらずむかしも今も変らないところは、わたくしの体は四季を問わず何日もつねに飲みものを要求している。夏になると特に甚しい。

つねに飲みものを要求していると云えばいかにも酒好きのようだし、平素渇望の念に堪えぬと云えば、何か精神的な要求のように聞えるが、そのどちらでもない。まるで植物のように水分がほしいだけなのである。

はじめ飲みもののことを書こうと云うと「お酒のこと？」と聞かれて、気がついたから「飲料のはなし」と題を変えてみた。

酒は二十のころ、大人の真似がしたくて血気にまかして飲まないではなかったが酒はわたくしの喜怒哀楽を煽って野性を益々激しくするから、というほどの反省の結果ではなく本来体質に合わなかったものかつい酒飲みにはならなかったが、酒の味そのものは好きだからひとりで、ちびりちびりついジョニーヲォカアを一本空にしていた事もあった。尤も一日がかりであった。それも常態ではない、平素は三盃上戸と名告《なの》って三盃までの酒の味はまことに天の美禄と思えるがそれからあとは飲みたくない。第一に鶏のように赤い顔になるのが見ぐるしく今業平を以て自任する男振りが台なしになるから三盃以上は美人の勧めがあるほどお辞《ことわ》りと決めている。その代り佳肴《かこう》があって三盃で切り上げさせてくれるならいつでも喜んでおつき合いしたい。但し銘酒に限る、これでも酒の味は少しわかるという生意気にわがままな左利きである。酒間の趣は解するが酔漢のお相手はご免である。

酒は濃厚な強いものの小量がわたくしには適しているので、人々の好飲料とするビールがわたくしには最も向かない。あのホロ苦い味いと冷味がのどを通るのはいいが、あとがいけない。せっかくいい酔い心地になった時にWCに立つなどは甚だ煩わしい。全く気の利かない利尿剤である。それで年久しくビールは一切敬遠していたが、近来、父母には似ないで両祖父に似た鬼子の豚児（ではなかった賢息）が酒豪とあって、時々ビールを厨房に命じたついでにひとりではバツが悪いのかおやじにも一杯を献じようというのでつき合っているうち、近ごろでは、これもまた、悪くないと思いはじめた。子の恩というのでもあろうか。

しかしわたくしはここで酒について云うつもりはなく、云いたいのは、ただの水や、お茶ジュースなどの事なのであった。

わたくしの高等小学校の、と云えば十一二の頃の事（正に半世紀前である！）遊び友だちの一人にラムネ工場を経営している人の子がいて、時々さそわれてそこへよく見物に行っては、できたてのラムネをもらって飲んだ。ラムネと云うものは決して賞味するという味ではないが、花火やなどと同じ類の、何かたのしい味のものであった。今はなつかしい思い出の味となっている。あのたのしさを大人向きの味にしたものがシャンパンでもあろうか。

一たいに西洋人の生活のなかにはすべての合理的なものの外に、何か一脈の子供らしい楽しい遊びがあるところに、わたくしはいつも心をひかれるのだが、たとえばシャンパンだの、ライタアだとか街路樹などの着想には実用性以上に子供の遊びらしいものがあって、そこにわたくしは東洋人の知らない享楽的な生活感覚を見出すのを喜んでいる。これはただの異国趣味とは別にわたくしの童心にふれるものなのである。

シャンパンと云えば最初はシャンペンサイダーと呼ばれたサイダーができたのもわたくしの十二三の頃で、多分ラムネから発達した流行だと思うが、最初売り出した時には別にジンジャーエールというのがあった。その頃ビールなら一度に一ダース以上を飲んでいた父が四十を過ぎて禁酒（健康のためと、また子供たちに対する垂範の意味から）を断行した時、ビールに代えるつもりで、毎年吉例の患家からの中元御祝儀のビールをすべて酒屋に頼んでサイダーやジンジャーに代えてもらったのを、家族一同で飲んだのが最初であったようにおぼえている。

わたくしの家ではサイダー好きとジンジャー好きと二組に分れたなかで、わたくしは断然ジンジャーが好きであった。その後ジンジャー好きと云うものは年年に影がうすれて今日ではほとんどサイダーばかりになり、ジンジャーエールというもののあった事はおぼえている人も少いであろう。わたくしは今も時々ジンジャーエールの味を思い出してそれがほしくなるとともに、わたくしの好むものがすべて世に行われないでしまうという皮肉な世相に対してさびしさを禁じ得ない。ジンジャーエールは、最後にはつばめの食堂車に象印のラベルのものがあったのをおぼえているが、今もなおあるかどうかは知らない。

その後いろいろの飲料が売り出されたがわたくしはプレインソーダを最も好んでいた。これはただの水に近いものだから、いい水があれば最も好ましかろうと思っている。露伴は浅間山麓、小諸市外の清水《しみず》というところに山荘を持っていて、清水の里の泉を天下第一の名水と云いこれを味うために毎夏この山荘に来ることを楽しみにしていると云っていたと聞いている。江戸っ子一流の誇張で言葉どおりには聞けないかも知れないが、今に機会を得て清水の清泉を掬《きく》してみたいと思っている。

いい水でお茶を飲んでいるのが最もいいが、このごろはどこでもあまりいいお茶にありつけない。東京の水道ではお茶の味がしないはずである。

近ごろのわたくしの日常の飲料は、

朝は起きぬけににんじんと林檎とをおろし金でおろしてしぼった自家製ジュースを大コップに一杯飲んでいるが衛生的な飲料としてばかりではなく、にんじんや林檎の新鮮なもののある間は甚だ美味である。今は林檎はかこいだから最もまずい時期であるが栄養のためにやめない。このにんじんジュースにつづいてコーヒを二三杯。

日中は冷蔵庫にたやさずに置くコカコーラを愛用している。コカコーラには今までの何ものにもなかった新奇な味があってわたくしの気に入っている。これも日本ではあまり喜ぶ人が多くないようだから今にジンジャーエールのような運命にならなければよいが。かつて冷えていないコカコーラを飲まされたら気分が悪くなるような味であった。つめたくなければ真の味が出ないところも清涼飲料らしくてよい。

夕食後の飲みものとして僕はミクサーにかけた夏みかんを牛乳に混えたものを好んでいる。ミクサーはいろいろ試みたが結局夏みかんがいちばんいいようである。

一ぱんにミクサーにかけたものは味がよくない、朝のにんじんや林檎などもミクサーでは味が出ないから、おろし金を使わせることにしている。

このごろミクサーを無用の長物のように云いふらすのが通説のようであるが、さすがは文明の利器（?）工夫によっては面白い用法がないではない。ミクサーさえあれば砂糖や小豆などなくとも即座に第一流のおしる粉をこしらえる妙術がある。一子相伝という秘法ではあるが、愛読者にだけはそっと披露しよう。羊羹《ようかん》をミクサーにかけてお湯でとくのである。羊羹は上等ほどよろしい。これを嘲り笑うものはコロンブスの卵を罵るものである。話はまたしても悪謔に落ちた。

# 菓子

幸田露伴《こうだろはん》

煙草は必要でない。といえば珈琲も必要でない。コカだの、紅茶だの、緑茶だの、番茶だの、そんなものも必要で無いといえば必要で無い。そういうものが無くても吾人の祖先は生活して来たのであるから、必要不必要で物を論ずる日には、大抵なものは必要で無い。酒は恐らく原人時代からもあったろうが、それでも必要で無いといえば必要で無い。禁酒論者などから云わせれば、不必要どころでは無い、有害不利のものである。

だが必要不必要ばかりが世の中の唯一の標準では堪らない。第一大抵な奴は不必要な動物に違い無い。蝨《しらみ》の不必要、蚊の不必要、蚤の不必要とおなじく不必要の人間も少くはあるまいが、御手元拝見と来られて、貴殿は必要物か拙者は必要物かと論じる日には、国家に取って必要でござると威張れる人間は、そうたんとあるまい。よしんば威張ってくれたにした所で、それは自己存在の弁護に止まるのであるから、傍から認めない以上は何の権威もないことだろう。そしてまた、国家民人といえば何となく立派だが、一体人類全体が世界に取って必要な裸虫と定まった訳でもないだろう。だが、そんな野暮を云って居ても仕方がない。ここに在る、ここに思う、ここに否もあれば可もあり、好もあり嫌もある以上は、必要不必要の論を振りまわすことの可なるを信じ、好きであることを自認している人が不必要と必要とで物を論ずるのも仕方が無い。

菓子というものも、必要不必要から云ったら、二宮尊徳先生の流儀では鎮守の祭の時などの外は不必要かも知れないが、兎に角、茶も飲み、煙草もふかすという人々に取っては、やはり必要である。必要であるというが悪いならば、必要あるに類していると云っておこう。不必要と必要とで物を論ずるのはおもしろくないと感じている吾人も、菓子を然程《さほど》に必要の物であるとも思っては居らぬが、菓子があるのと無いのと、どちらがよいかと云えば、ある方がよいと思って居る。

ところが然程に注意もしては居らず、感情や打算を寄することを敢てして居らぬ菓子に対しても、好嫌は自然に起って来る。これは理窟でも何でもない、衛生がどうの、成分がどうの、体裁がどうの、趣味がどうのという、ヘチむずかしいことからでは無いが、普通に菓子というものの大部分を占めて居る餅菓子という奴は、甘くて、重たくて、チト難有《ありがた》くないとおもう。それから蒸菓子と云う奴、これはやや上等の方だが、これもまた甘過ぎる。特に気に入らないのは、蒸菓子という名前が本来を語って居るにもかかわらず、冷いのを売っても居るし、またそれをそのままに食わせもするし、食いもすることである。馬鹿馬鹿しい。蒸菓子ならば蒸したてのあたたかいのを食うのが本来だろう。

つめたい菓子を売って居るのは、冷い茶碗蒸を売って居るようなものだ。冷い蒸菓子を食わせるのは失敬千万で、冷飯を出して人にふるまうという心易い間柄だけに許容し得ることだ。立派な錦襴手《きんらんで》の鉢に堂々たる富豪やなんぞが、冷たい蒸菓子を盛って出すということがあるものか。特にけしからぬのは客商売のお茶屋などで冷い蕎麦饅頭なんぞを、葬式の場合じゃあるまいし、すました顔で出すことである。これもまた咎めもしないで喰べてやるから、これでよいものになってしまって居る。酒を飲む前に冷い餡物なぞは食わせられてたまるものか。一体餡物は熱いのがよい、冷いのは感心しない。

それから干菓子の類になると、まあ飾り物の部になるし、そしてまたそう毎度出逢うものでもないからどうでも宜しいとして、その次に流し物の羊羹類や何ぞは結構には違いないが、平均して甘過ぎる。水羊羹や、いろいろの何羹彼羹という奴は、それぞれに洒落たのも贅沢なのもあるが、やはりならして甘過ぎる。

金平糖達磨糖氷砂糖の類は大にすたった。その代りキャラメルだのヌガーだの何の彼のと、おかしな唐人の名みたようなものが沢山出て来たが、何でも新らしいものずきな世の中には、香水や化粧品の名と共にバタ臭ければそれでよいと思われるだけの事で、さっぱり感心しない。包み紙や箱の気のきいた奴が勝利をしめているのもおかしい。そしてやはり坊様嬢様のお相手をするのが本相場だ、甘い甘い。

この頃黒砂糖の菓子が一部に流行するのもおもしろい。余りアクヌキ砂糖の普通になった結果として、またその反動として、そして尚古的気分の発露として、黒砂糖の焦げ味のあるようなのが珍重されるのも妙だが、さてその実はというと矢張り甘い一点張である。西洋菓子、やはり甘過ぎる。甘過ぎない奴は腹にもたれ過ぎる。支那菓子、油すぎる。

駄菓子にはむかし猫の糞兎の糞などというかがわしい諢名《こんめい》のものがあったが、駄菓子が実は日本中行われたもので、分布範囲の広さからいったら、駄菓子が蓋《けだ》し日本的菓子の頭分であろう。餅菓子でも蒸菓子でもなく干菓子でもなく、西洋菓子でも支那菓子でもない駄菓子の形式は、取扱にもモチにも経済的にも、色々の点において優者たる資格をもっているので、それで一般において平民的勢力を得たのだろう。

あれを頭脳のある菓子屋先生が観察して見たらどうだろう。も少し進歩した、そして工合のよい、余り胃腸を害する程甘くも無い、変に凝った趣味でも無い、わる贅沢でもない、そして取扱いのよい、モチのよい、日本人的気分の満ちたものが出来そうなものでは無いかと思う。

菓子の原料に日常の国民の主食物若《も》くはそれの変成物を用いるのは感心しない。米、麦、なんどを菓子の材料としないで、菓子には成るべく産額の少しずつ異なった穀類や樹の実、草の蓏《み》などを用いてこしらえてもらいたい。もろこし、とうもろこし、そば、粟、胡麻、種々の山地水郷の余り主立った役に立たぬ産物、それらのものを直接に、または変化させて菓子にして欲しい。さすれば棄てたるものが生きて、貴いものが節約される訳でもあり、かつまた異ったものに人の嗜好は惹かれるという原則にも叶ったことであるからである。野生の植物は、飢饉の歳の窮民でない限りは、主な食物としては喰べられないが、菓子としてはちょっとおかしく食べられるものがいくらもある筈だ。但しこんな事を考えて居ては菓子屋さんに取って何の益をも生じ無い。やはり手取り早く銭嵩《ぜにがさ》のあがるものをこしらえる方がよいのであるから、所謂必要不必要から言えば、こんなことを云って居る程不必要な事は無いであろう。ハハハハ。

# お菓子の大舞踏会

夢野久作

五郎君はお菓子が好きで仕様がありませんでした。御飯も何もたべずにお菓子ばかりたべて居るので、お父様やお母様は大層心配をして、どうかしてお菓子を食べさせぬようにしたいというので、ある日家中《うちじゅう》にお菓子を一つも無いようにして砂糖までもどこかへ隠していくら五郎さんが泣いてもお菓子を遣《や》らない事にしました。

五郎さんは死ぬ程泣いてお菓子を欲しがりましたが、お父様もお母様もただお叱りなるばかり……とうとう五郎さんはすっかり怒って御飯もたべずに寝てしまいました。

翌《あく》る日学校はお休みでしたが五郎さんは矢張り怒って朝御飯になっても起きずに寝て居りました。

　お父様もお母様も懲《こ》らしめの為にわざと御飯を片づけてしまってお父様はどこかへ御用足しにお出かけになり、お母さんもちょっと買物にお出かけになりました。

　あとにたった一人五郎さんは、

「ああお腹が空《す》いた。お菓子が欲しいなあ」

　と思いながら涙をこぼしてジッと寝て居りました。

　すると玄関の方で
「郵便……」と大きな声がして何かドタリと投げ出される音がしました。五郎さんは、思わず大きな声で
「ハイ」

　と云って飛び起きて駈け出しますと、それは四角い油紙《あぶらがみ》で何だかお菓子箱のようです、しかもその表には「五郎殿へ」と書いて裏には兄《あに》さん夫婦の名前が書いてありました。五郎さんは夢中になって硯箱《すずりばこ》の抽出《ひきだ》しから印《いん》を出して郵便屋さんに押して貰って小包を受け取りました、鼻を当て嗅《か》いでみると中から甘い甘いにおいがしました。

　五郎さんはもう夢中になって鋏《はさみ》を持って来て小包を切り開いて見るとそれは思った通りお菓子でしかも西洋のでした。……ドロップ、ミンツ、キャラメル、チョコレート、ウエファース、ワッフル、ドーナツ、スポンジ、ローリング、ボンボン、そのほかいろ

いろ、ある事ある事……

それから食べたにもたべたにも一箱ペロリと食べてしまった五郎さんは空箱と包み紙や紐を裏の掃きためにに棄てに行って帰りがけに台所へ行ってお茶をガブガブ飲むとそのまま何喰わぬ顔で、蒲団にもぐり込んでしまいました。

「アラ五郎さんはまだ寝て居るよ。何て強情な児《こ》でしょう。よしよし今にきっとお腹が空いて起きて来るだろうから」

とお母様は独言《ひとりごと》を云って台所の方へお出《い》でになりました、五郎さんは可笑《おかし》くて堪らず、蒲団の中でクスクス笑いましたがそのうちにうとうと睡《ねむ》ってしまいました。

するとやがて何だか恐ろしく苦しくなって来ましたので、どうしたのかと眼を開いて見ますといつ日が暮れたのか、あたりは真暗になって居て何も見えません、その中《うち》に最前喰べたお菓子連中がめいめい赤や青や紫や黄色やまたは金銀の着物を着て男や女の役者姿になって大勢居並《いなら》んで居るのがはっきりと見えました。

「こんなに大勢一時《いちじ》にお菓子たちがお腹《はら》の中で揃った事は無いわねえ。」

とお嬢さん姿のキャラメルが云いました。

「そうだそうだそれに五郎さんの胃袋は大変に大きいから愉快だ」

と道化役者のドロップが云いました、黒ん坊のチョコレートは立ち上って

「一つお祝いにダンスを遣ろうでは無いか」

　と云うとウエファース嬢が
「それがいいそれがいい」

「万歳万歳賛成賛成」

　と皆《みな》が総立ちになって手を挙げました。すると忽《たちま》ち五郎さんのお腹《なか》がキリキリと痛くなりましたので思わず
「苦しい苦しい」

　と叫びました。

「あれ苦しいと言っててよ」

　とドロップ嬢が心配そうに云いますと兎の姿をしたワッフルが笑い
「アハハハハ、自分が悪いのだから仕方が無い、まあ暫く辛棒して貰うさ、さあさあ踊ったり踊ったり」と云ううちに、もう踊り初めました。

　ボンボンが太鼓をたたく、ローリングがピアノを弾く、ウエファース嬢が歌い出す、それにつれて五色《ごしき》の着物を着た小人のミンツ達を先に立ててキャラメル嬢をまん中にワッフルの兎ドロップの道化役者、チョコレートの黒ん坊ドーナツの大男そのほかいろいろのお菓子達が行列を立て行くあとからスポンジ嬢が手鼓《てつづみ》をたたきながらついて行き

ます。

こうして沢山のお菓子たちがみんな一所に輪を作ると一二三というかけ声ともろ共に一時に踊り出しました。

★

「プープカプーカチョコレート
プーカプーカローリング
ミンツワッフルキャラメルウエファース
ドーナツスポンジボンボンボン

★

太鼓の響《ひびき》はボンボンボン
ピアノのひびきがローリング
ウエファースと歌い出す
ドロップドロップ踊り出す
ワッフルワッフルはやし立て
キャラメルキャラメル笑い出す
足どりおかしくチョコレート

スポンジスポンジ飛び上《あが》る
そこで五郎さんのポンポンが
ミンツミンツ痛み出す」
五郎さんはもう死ぬ位苦しくなって
「苦しい苦しい堪忍《かんにん》して頂戴、助けて助けてお父様！　お母様」
と叫びました。
「まあ、どうしたの五郎さん、大層うなされて」
とお母さんにゆり起されて五郎さんはフッと眼を開くと、まだおひる過ぎでうちの中はあかるいのでした。
「お母さん、僕のお腹《はら》の中でお菓子が踊って居る、ああ苦しい苦しい堪忍して頂戴、もう決してお菓子を喰べませんから、アアイタイイタイ、お母さん助けて助けて」
と五郎さんは汗をビッショリ掻《か》いてのた打ちまわりました。
お母様は驚いてお医者を呼んでお出《い》でになりましたが、いろいろわけを尋ねてやっとお菓子の喰べすぎだと云う事がわかりますとお医者はこわい顔をして
「これから決してお菓子を喰べてはいけませんよ」
と云って苦い苦いお薬を置いてお出でになりました。

それから五郎さんは病気が治ってからも決してお菓子を欲しがりませんでした。

# しるこ

芥川龍之介

久保田万太郎君の「しるこ」のことを書いているのを見《み》、僕もまた「しるこ」のことを書いてみたい欲望を感じた。震災以来の東京は梅園《うめぞの》や松村以外には「しるこ」屋らしい「しるこ」屋は跡を絶ってしまった。その代りにどこもカッフェだらけである。僕等はもう広小路の「常盤《ときわ》」にあの椀になみなみと盛った「おきな」を味うことは出来ない。これは僕等下戸仲間の為には少からぬ損失である。のみならず僕等の東京の為にもやはり少からぬ損失である。

それも「常盤」の「しるこ」に匹敵するほどの珈琲《コーヒー》を飲ませるカッフェでもあれば、まだ僕等は仕合せであろう。が、こう云う珈琲を飲むことも現在ではちょっと不可能である。僕はその為にも「しるこ」屋のないことを情ないことの一つに数えざるを得ない。

「しるこ」は西洋料理や支那料理と一しょに東京の「しるこ」を第一としている。（あるいは「していた」と言わなければならぬ。）しかもまだ紅毛人たちは「しるこ」の味を知っていない。若し一度知ったとすれば、「しるこ」もまたあるいは麻雀戯《マージャン》のように世界を風靡《ふうび》しないとも限らないのである。帝国ホテルや精養軒のマネエジャア諸君は何かの機会に紅毛人たちにも一椀の「しるこ」をすすめてみるが善い。彼等は天ぷらを愛するように「しるこ」をも必ず――愛するかどうかは多少の疑問はあるにもせよ、兎に角一応はすすめてみる価値のあることだけは確かであろう。

僕は今もペンを持ったまま、はるかにニュウヨオクのあるクラブに紅毛人の男女が七八人、一椀の「しるこ」を啜りながら、チャアリ、チャプリンの離婚問題か何かを話している光景を想像している。それからまたパリのあるカッフェにやはり紅毛人の画家が一人、一椀の「しるこ」を啜りながら、――こんな想像をすることは閑人の仕事に相違ない。しかしあの逞しいムッソリニも一椀の「しるこ」を啜りながら、天下の大勢を考えているのは兎に角想像するだけでも愉快であろう。

# 下司《げす》味礼讃

古川緑波《ふるかわろっぱ》

宇野浩二著『芥川龍之介』の中に、芥川龍之介氏が、著者に向って言った言葉、……君われわれ都会人は、ふだん一流の料理屋なんかに行かないよ、菊池や久米なんどは一流の料理屋にあがるのが、通だと思ってるんだからね。……

というのが抄《ぬ》いてある。

そうなんです、全く。一流の料理屋というのは、つまり、上品で高い料理屋のことでしょう！　そういう一流店でばっかり食べることが通だと思われちゃあ、敵《かな》わないと僕も思うのである、そりゃあ、そういう上品な、高い料理を、まるっきり食わないというのも、可笑しいかも知れない。たまにゃ、一流もよろしい。が、しかし、うまい！　って味は、意外にも、下司《げす》な味に多いのである。だから、通は、下司な、下品な味を追うのが、正当だと思うな。

例えば、だ。天ぷらを例にとって話そう。いわゆるお座敷天ぷら。鍋前に陣取って揚げ立てを食う。天つゆで召し上るもよし、食塩と味の素を混ぜたやつを附けてもよし、近頃では、カレー粉を附けて食わせるところもある。そういう、いわゆる一流の天ぷら。その、揚げ立ての、上等の天ぷらを食って、しまいに、かき揚げか何かをもらって、飯を食う。あるいは、これがオツだと仰有《おっしゃ》って、天ぷらを載っけたお茶漬、天茶という奴を食べる。そりゃあ、結構なもんに違いないさ。

しかし、そういう、一流の上品な味よりも、天ぷらを食うなら、天丼が一番美味《うま》い。と言ったら、驚かれるだろうか。そもそも、天ぷらって奴は、昔っから、胡麻《ごま》の油で揚げてたものなんです。だから、色が一寸ドス黒いくらいに揚がっていた。それを、見た目が下品だとでも言うのか、胡麻の油をやめて、サラダ油、マゾラを用いるようになったのは、近年のことである。これは、関西から流行《はや》ったんだと思う。そして、近頃では東京でも、どこの天ぷら屋へ行っても、胡麻の油は用いない（あるいは、ほんの少し混ぜて）で、マゾラ、サラダ油が多い。だから、見た目はいいし、味も、サラッとしていて、僕なんか、いくらでも食える。

しかしだ、サラッと揚がってる天ぷら、なんてものは、江戸っ子に言わせりゃあ、揚違いなんだね。食った後、油っくさいおくびが、出るようでなくっちゃあ、いいえ、胸がやけるようでなくっちゃあ、本場もんじゃねえんだね。ってことになると、こりゃあ、純粋の胡麻の油でなくっちゃあ、そうは行かない。だから、さっき言った天丼にしたって、胡麻でやったんでなくっちゃあ――この頃は、天丼も、上品な、サラッとした天ぷらが載ってるのが多いが、それじゃあ駄目。

丼の蓋を除《と》ると、茶褐色に近い、それも、うんと皮（即ちコロモ、即ちウドン粉）の幅を利かした奴が、のさばり返っているようなんでなくっちゃあ、話にならない。その熱い奴を、フーフー言いながら食う、飯にも、汁が浸みていて、（ああ、こう書いていると、食いたくなったよ！）アチアチ、フーフー言わなきゃあ食えないという、そういう天丼のことを言ってるんです。

その絶対に上品でないところの、絶対に下品であり、下司であるところの、味というものは、決して一流料理屋においては、味わい得ないところのものに違いあるまい。

と、こうお話したら、大抵分かって戴けるであろう、下司の味のよさを。天ぷらばっかりじゃない。下司味《あじ》の、はるかに一流料理を、引き離して美味いものは、数々ある。

おでんを見よ。

おでんは、一流店では出さない。何となれば、ヤス過ぎるからであり、従って下品だからである。しかし、おでんには、ちゃんと店を構えて、小料理なんぞも出来ますというようなところで食うよりも、おでんの他には、カン酒と、茶めし以外は、ござんせんという、屋台店の方が、本格的な味であろう。どうも近頃は、と年寄りじみたことを言うようだが、おでんのネタが、変ったね。バクダンと称する、ウデ卵を、サツマ揚げで包んだ奴、ゴボウ巻き、海老巻き、そんなものは、昔は無かったよ。おれっちの若い頃にゃあね、「ええ何に致しますかね？　ちくわに、はんぺん、ヤツにガンモ」なんてんで、（ヤツは八つ頭。ガンモはガンもどきなり）「ええと、そいじゃあ、ガンモに、ニャクと願おうか」ってな具合だったね。

いちいちめんどくさいが、ニャクとはコンニャクのことですよ。「へい、ちイっと、ニャクが未だ若いんですが――」なんてな、若いてえのは、まだよく煮えていねえってことなんでがす。おでん屋の、カン酒で、ちと酔った。

酔って言うんじゃあ、ございませんが、おでんなんてものこそ、一流の店じゃあ、金《こん》輪際《りんざい》食えねえ、下司の味だと思いやすがね、どうですい？

おでんの他にも、まだまだあるよ。むかし浅草に盛《さかん》なりし、牛ドンの味。カメチャブと称し、一杯五銭なりしもの。大きな丼は、オードンと称したり。

あの、牛（ギュウ）には違いないが、牛肉では絶対にないところの、牛のモツや、皮や（角《つの》は流石《さすが》に用いなかった）その他を、メッチャクチャに、辛くコッテリ煮詰めた奴を、飯の上へ、ドロッとブッかけた、あの下司の味を、我は忘れず。

ああ下司の味！

# 新版洋食記 II

古川緑波

烏森に、ブラザー軒という、洋食屋がある。何々軒と、軒の字の附くうちは、皆古くから、戦前から、ある店と思っていいだろう。

正に古いんだ、この店。

というのは、戦後数年経ってから、ふと、何気なく、セントラル（兼坂ビルの）へ、アメリカ映画の試写を見に行った帰りに、この店へ入ったら、おかみさんらしい人が、「あら何年ぶりでしょう。いいえ、何十年ぶりだか。古川さんは、文藝さんの頃からのおなじみじゃありませんか」と言った。

文藝さんと言われたのは、一寸《ちょっと》面喰って、何のことだか分からなかったが、よくきいてみると、文藝さんとは、文藝春秋社のことだった。言われてみれば、成程《なるほど》、僕が、大阪ビルの文藝春秋社に勤めていた頃、この店から、昼食に弁当をとったことがしばしばあるのだ。文藝春秋社のあった大阪ビルには、地下にレインボウグリルがあって、洋食なら、何も、他処から、とらなくてもよかったのだが、レインボウグリルのは高いので、ここからとったものなのである。

高いと言っても、今考えてみれば夢の如し。レインボウグリルの定食は、昼は一円だったと思う。そして土曜日には、同じ値段で、ビフテキが出たと覚えている。しかし、当時の一円は、われらにとって、高過ぎたので、安い洋食弁当（合の子弁当と称した）をとったのである。確か、三十銭くらいだったろう。その、合の子弁当というのは、カツレツとオムレツ、それに御飯が、たっぷり附いていた。

おかみさんに、そう言われて、昔を思い出しながらさて何を食べようかと、メニュウを見ると、何と、百円均一ではないか。二百円するのは、ビフテキに、チキンカツレツくらいなもので、あとは、スープから、何から皆百円である。そこで、ポタージュと、コロッケを註文した。合の子弁当を思い出して御飯も。

さて、運ばれたポタージュは、量は多い。深い皿に、満々としているのであるが、全くこれをポタージュと称してもいいかどうか、一遍お伺いを立てたいくらいなもので、ただ牛乳の汁の塩ッぱいのの如きものであった。そして、コロッケは、大いなるもの二つ。括り枕を二つ並べた形で、これは大食いの僕でも、たじたじとなる程の量。それに、御飯も盛りがいいと来ては、ついに半分くらい残さざるを得なかった。

しかし、僕は、たのしかった。当時、帝国ホテル（は、まだ再開していなかったかも知れない）あたり（あるいは、プルニエでも）で、僕の満腹感は、千円では買えなかった。それが、二百何十円にして、大満腹なのである。そして、牛乳の汁のポタージュは、ホテルやプルニエの一流のポタージュとは、全く別なもの、別な料理、即ち百円の牛乳汁としての美味《うま》さが、ちゃーんとあり、括り枕のコロッケにも、われら若き日、学生時代の、なつかしい洋食の想い出の味がするのである。

僕は、その後も、兼坂ビルの試写の往きや帰りに、ブラザー軒へ行くことがしばしばある。そして、ハヤシライスの、大盛りの皿を眺めては、中学生の昔に返った思いをするのである。これを駄洋食と、蔑む奴に呪いあれ。ここには、アメリカ流侵入以前の、一皿満腹、日本流洋食の春風が吹いているのだ。

「おう、カレー一丁大急ぎ」と、カウンターの隣りへは、タクシーの運ちゃんも御入来だ。「えー毎度ありがとう」の声も、ホテルや、プルニエでは、聞けない、威勢のいいあんちゃんの声だ。

一流のレストランの料理を、うまいのまずいのと言うもいい。しかし、こういう、まあ言ってみれば、二流どこ、三流どこの味も、これは、これなりに、受け入れる胃袋でなくっちゃあ、うまいもの食いとは言いかねよう。ものの例えが、汽車の食堂車で、洋食を食って、「こんな、まずいもの食えるか」と仰有《おっしゃ》る方は、決して食通ではない。汽車の食堂の料理は、中毒《あた》りさえしなきゃあいい。

カツレツの、フライの、衣《ころも》が、ナイフ、フォークで、あしらううちに、はがれちまって、身は身、皮は皮と、別々になる。それが、食堂の料理の、「よさ」である。その離れた皮の方に、ソースをかけて、皮としての（衣としての）味を、この際は、味わうといい。

ま、それは例えばなしだがね。

いくら食通にしても、そう毎日一流の店で、メニュウを睨んだところで、毎日うまいものにぶつかるわけには行かない。この事は、いつぞや「下司《げす》味礼讃」として、書いたが、駄洋食を、さんざ食っての上の贅沢だと思う。ポッと出の田舎ものが、いきなり一流のレストランへ行って、あすこの何はうまいの、何は、うまくないと言うことは、鼻持ちならない。

言っちゃ何だけど、天皇陛下（それも戦前の）だって、毎食うまいものばっかり食べちゃあ居られまい。百円均一の洋食屋に栄あれ。

東京の各方面には、このたぐいの安洋食屋が、沢山ある。そして、それらの店には、必ず何か、売りものの、得意の料理が一品宛《ずつ》は、あるだろう。それらを、順繰りに食べ歩いたら、どんなに幸福だろう。

ホテルのグリルや、プルニエ、東京會舘、アラスカなどのA級に対して、これらの店を、B級と言いたいが、まだB級は他にある。だから、安洋食屋は、C級として置く。では、B級とは、どんな店かと言うと、戦前《むかし》なら、不二アイス、オリムピックというような、言わばランチ屋さんだ。いまで言おうなら、不二家だの、ジャーマンベーカリーなどという、たぐい。

僕は、兎角《とかく》、A級またはC級好きで、B級の方は、たまに家族連れの時や、要談といった時にしか行かないので、あまり知識は無いが、その少ない経験の中でも、中々《なかなか》賞めたいところが多いのだ。

不二家の二階の料理など、安いし、量は多いし、その上、婦人子供相手が多い為か、サーヴィスが、行き届いている。銀座マンは、安くて、うまいところを、よく知っている。清月という店なども安いし、うまい。

有楽町の、ジャーマンベーカリーへは、僕も、事務所が近いので、よく行くが、ここの料理は、いちいち良心的である。そして、ここでは、デザートの、バーム・クーヘンが殊にうまいので、それに惹かれて行くことが多い。

# 食物として

芥川龍之介

金沢の方言によれば「うまそうな」と云うのは「肥《ふと》った」と云うことである。例えば肥った人を見ると、あの人はうまそうな人だなどとも言うらしい。この方言はちょっと食人種の使う言葉じみていて愉快である。

僕はこの方言を思い出すたびに、自然と僕の友だちを食物《しょくもつ》として、見るようになっている。

里見弴《さとみとん》君などは皮造りの刺身《さしみ》にしたらば、きっと、うまいのに違いない。菊池君も、あの鼻などを椎茸《しいたけ》と一緒に煮てくえば、脂《あぶら》ぎっていて、うまいだろう。谷崎潤一郎君は西洋酒で煮てくえば飛び切りに、うまいことは確かである。

北原白秋君のビフテキも、やはり、うまいのに違いない。宇野浩二《うのこうじ》君がロオスト・ビフに適していることは、前にも何かの次手《ついで》に書いておいた。佐佐木茂索《ささきもさく》君は串に通して、白やきにするのに適している。

室生犀星君はこれは――今僕の前に坐っているから、はなはだ相済まない気がするけれども――干物《ひもの》にして食うより仕方がない。しかし、室生君は、さだめしこの室生君自身の干物を珍重して食べることだろう。

# たずねびと

太宰治

この「東北文学」という雑誌の貴重な紙面の端をわずか拝借して申し上げます。どうして特にこの「東北文学」という雑誌の紙面をお借りするかというと、それには次のような理由があるのです。

この「東北文学」という雑誌は、ご承知の如《ごと》く、仙台の河北新報社から発行せられて、それは勿論《もちろん》、関東関西四国九州の店頭にも姿をあらわしているに違いありませぬが、しかし、この雑誌のおもな読者はやはり東北地方、しかも仙台附近に最も多いのではないかと推量されます。

私はそれを頼みの綱として、この「東北文学」という文学雑誌の片隅《かたすみ》を借り、申し上げたい事があるのです。

実は、お逢《あ》いしたいひとがあるのです。お名前も、御住所もわからないのですが、たしかに仙台市か、その附近のおかたでは無かろうかと思っています。女のひとです。仙台市から発行せられている「東北文学」という雑誌の片隅に、私がこのまずしい手記を載せてもらおうと思い立ったのも、そのひとが仙台市か或《あ》るいはその近くの土地に住んでいるように思われて、ひょっとしたら、私のこの手記がそのひとの眼にふれる事がありはせぬか、またはそのひとの眼にふれずとも、そのひとの知合いのお方が読んで、そのひとに告げるとか、そのような万に一つの僥倖《ぎょうこう》が、……いやいや、それは無理だ、そんな事は有りっこ無いよ、いやいや、その無理は充分にわかっていますが、しかし、私としてはそんな有りっこ無い事をも、あてにして書かずに居られない気持なのです。

「お嬢さん。あの時は、たすかりました。あの時の乞食《こじき》は私です。」

その言葉が、あの女のひとの耳にまでとどかざる事、あたかも、一勇士を葬《とむ》らわんとて飛行機に乗り、その勇士の眠れる戦場の上空より一束の花を投じても、決してその勇士の骨の埋められたる個所には落下せず、あらぬかなたの森に住む鷲《わし》の巣にばさと落ちて雛《ひな》をいたずらに驚愕《きょうがく》せしめ、或いはむなしく海波の間に浮び漂うが如き結末になると等しく、これは畢竟《ひっきょう》、とどくも届かざるも問題でなく、その言葉もしくは花束を投じた当人の気がすめば、それでよろしいという甚《はなは》だ身勝手なたくらみにすぎないようにも思われますが、それでもやはり私は言いたいのです。

「お嬢さん。あの時は、たすかりました。あの時の乞食は、私です。」と。

昭和二十年、七月の末に、私たち家族四人は上野から汽車に乗りました。私たちは東京で罹災《りさい》してそれから甲府へ避難して、その甲府でまた丸焼けになって、それでも戦争はまだまだ続くというし、どうせ死ぬのならば、故郷で死んだほうがめんどうが無くてよいと思い、私は妻と五歳の女の子と二歳の男の子を連れて甲府を出発し、その日のうちに上野から青森に向う急行列車に乗り込むつもりであったのですが、空襲警報なんかが出て、上野駅に充満していた数千の旅客たちが殺気立ち、幼い子供を連れている私たちは、はねとばされ蹴《け》たおされるような、ひどいめに逢《あ》い、とてもその急行列車には乗り込めず、とうとうその日は、上野駅の改札口の傍で、ごろ寝という事になりました。その夜は、凄《すご》い月夜でした。夜ふけてから私はひとりで外へ出て見ました。このあたりも、まず、あらかた焼かれていました。私は上野公園の石段を登り、南洲の銅像のところから浅草のほうを眺めました。湖水の底の水草のむらがりを見る思いでした。これが東京の見おさめだ、十五年前に本郷の学校へはいって以来、ずっと私を育ててくれた東京というまちの見おさめなのだ、と思ったら、さすがに平静な気持では居られませんでした。翌朝とにかく上野駅から一番早く出る汽車、それはどこへ行く汽車だってかまわない、北のほうへ五里でも六里でも行く汽車があったら、それに乗ろうという事になって、上野駅発一番列車、夜明けの五時十分発の白河《しらかわ》行きに乗り込みました。白河には、すぐ着きました。私たちはそこで降されて、こんどはまた白河から五里でも六里でも北へ行く汽車をつかまえて、それに乗り込む事にしました。午後一時半に、小牛田《こごた》行きの汽車が白河駅にはいりましたので、親子四人、その列車の窓から這《は》い込みました。前の汽車と違って、こんどの汽車は、ものすごく混雑していました。それにひどい暑さで、妻のはだけた胸に抱き込まれている二歳の男の子は、ひいひい泣き通しでした。この下の子は、母体の栄養不良のために生れた時から弱く小さく、また母乳不足のためにその後の発育も思わしくなくて、ただもう生きて動いているだけという感じで、また上の五歳の女の子は、からだは割合丈夫でしたが、甲府で罹災する少し前から結膜炎を患《わずら》い、空襲当時はまったく眼が見えなくなって、私はそれを背負って焔《ほのお》の雨の下を逃げまわり、焼け残った病院を捜して手当を受け、三週間ほど甲府でまごまごして、やっとこの子の眼があいたので、私たちもこの子を連れて甲府を出発する事が出来たというわけなのでした。それでも、やはり夕方になると、この子の眼がふさがってしまって、そうして朝になっても眼がひらかず、私は医者からもらって来た硼酸水《ほうさんすい》でその眼を洗ってやって、それから眼薬をさして、それからしばらく経たなければ眼があかないという有様でした。その朝、上野駅で汽車に乗る時にも、この子の眼がなかなか開かなかったので、私が指で無理にあけたら、血がたらたら出ました。

つまり私たちの一行は、汚いシャツに色のさめた紺《こん》の木綿のズボン、それにゲエトルをだらしなく巻きつけ、地下足袋《じかたび》、蓬髪《ほうはつ》無帽という姿の父親と、それから、髪は乱れて顔のあちこちに煤《すす》がついて、粗末極まるモンペをはいて胸をはだけている母親と、それから眼病の女の子と、それから痩《や》せこけて泣き叫ぶ男の子という、まさしく乞食の家族に違いなかったわけです。

下の男の子が、いつまでも、ひいひい泣きつづけ、その口に妻が乳房を押しつけても、ちっとも乳が出ないのを知っているので顔をそむけ、のけぞっていよいよ烈《はげ》しく泣きわめきます。近くに立っていたやはり子持ちの女のひとが見かねたらしく、

「お乳が出ないのですか？」

と妻に話掛けて来ました。

「ちょっと、あたしに抱かせて下さい。あたしはまた、乳がありあまって。」

妻は泣き叫ぶ子を、そのおかみさんに手渡しました。そのおかみさんの乳房からは乳がよく出ると見えて、子供はすぐに泣きやみました。

「まあ、おとなしいお子さんですね。吸いかたがお上品で。」

「いいえ、弱いのですよ。」

と妻が言いますと、そのおかみさんも、淋《さび》しそうな顔をして、少し笑い、

「うちの子供などは、そりゃもう吸い方が乱暴で、ぐいぐいと、痛いようなんですけれども、この坊ちゃんは、まあ、遠慮しているのかしら。」

弱い子は、母親でないひとの乳房をふくんで眠りました。

汽車が郡山《こおりやま》駅に着きました。駅は、たったいま爆撃せられたらしく、火薬の匂《にお》いみたいなものさえ感ぜられたくらいで、倒壊した駅の建物から黄色い砂ほこりが濛々《もうもう》と舞い立っていました。

ちょうど、東北地方がさかんに空襲を受けていた頃で、仙台は既に大半焼かれ、また私たちが上野駅のコンクリートの上にごろ寝をしていた夜には、青森市に対して焼夷弾《しょういだん》攻撃が行われたようで、汽車が北方に進行するにつれて、そこもやられた、ここもやられたという噂《うわさ》が耳にはいり、殊《こと》に青森地方は、ひどい被害のようで、青森県の交通全部がとまっているなどという誇大なことを真面目《まじめ》くさって言うひともあり、いつになったら津軽の果の故郷へたどり着く事が出来るやら、まったく暗澹《あんたん》たる気持でした。

福島を過ぎた頃から、客車は少しすいて来て、私たちも、やっと座席に腰かけられ

るようになりました。ほっと一息ついたら、こんどは、食料の不安が持ちあがりました。おにぎりは三日分くらい用意して来たのですが、ひどい暑気のために、ごはん粒が納豆《なっとう》のように糸をひいて、口に入れて噛《か》んでもにちゃにちゃして、とても嚥《の》み込む事が出来ない有様になって来ました。下の男の子には、粉ミルクをといてやっていたのですが、ミルクをとくにはお湯でないと具合がわるいので、それはどこか駅に途中下車した時、駅長にでもわけを話してお湯をもらって乳をこしらえるという事にして、汽車の中では、やわらかい蒸しパンを少しずつ与えるようにしていたのです。ところがその蒸しパンも、その外皮が既にぬらぬらして来て、みんな捨てなければならなくなっていました。あと、食べるものといっては、炒《い》った豆があるだけでした。少し持っているお米は、これはいずれどこかで途中下車になった時、宿屋でごはんとかえてもらうのに役立つかも知れませんが、さしあたって、きょうこれからの食べるものに窮してしまいました。

父と母は、炒り豆をかじり水を飲んでも、一日や二日は我慢できるでしょうが、五つの娘と二つの息子は、めもあてられぬ有様になるにきまっています。下の男の子は先刻のもらい乳のおかげで、うとうと眠っていますが、上の女の子は、もはや炒り豆にもあきて、よそのひとがお弁当を食べているさまをじっと睨《にら》んだりして、そろそろ浅間《あさま》しくなりかけているのです。

ああ、人間は、ものを食べなければ生きて居られないとは、何という不体裁な事でしょう。「おい、戦争がもっと苛烈《かれつ》になって来て、にぎりめし一つを奪い合いしなければ生きてゆけないようになったら、おれはもう、生きるのをやめるよ。にぎりめし争奪戦参加の権利は放棄するつもりだからね。気の毒だが、お前もその時には子供と一緒に死ぬる覚悟をきめるんだね。それがもう、いまでは、おれの唯一の、せめてものプライドなんだから。」とかねて妻に向って宣言していたのですが、「その時」がいま来たように思われました。

窓外の風景をただぼんやり眺めているだけで、私には別になんのいい智慧《ちえ》も思い浮びません。或る小さい駅から、桃とトマトの一ぱいはいっている籠《かご》をさげて乗り込んで来たおかみさんがありました。

たちまち、そのおかみさんは乗客たちに包囲され、何かひそひそ囁《ささ》やかれています。「だめだよ。」とおかみさんは強気のひとらしく、甲高い声で拒否し、「売り物じゃないんだ。とおしてくれよ、歩かれないじゃないか！」人波をかきわけて、まっすぐに私のところへ来て私のとなりに坐り込みました。この時の、私の気持は、妙なものでした。私は自分を、女の心理に非常に通暁《つうぎょう》している一種の色魔なのではないかしらと錯覚し、いやらしい思いをしました。ボロ服の乞食姿で、子供を二人も連れている色魔もないものですが、しかし、幽《かす》かに私には心理の駈引《かけひ》きがあったのです。他の乗客が、その果物籠をめがけて集り大騒ぎをしているあいだも、私はそれには全く興味がなさそうに、窓の外の景色をぼんやり眺めていたのです。内心は、私こそ誰よりも最も、その籠の内容物に関心を持っていたに違いないのですが、けれども私は、我慢してその方向には一瞥《いちべつ》もくれなかったのでした。それが成功したのかも知れない、と思うと、なんだか自分が、案外に女たらしの才能のある男のような感じがして、うしろぐらい気が致しました。

「どこまで？」

おかみさんは、せかせかした口調で、前の席に坐っている妻に話掛けます。

「青森のもっと向うです。」

と妻はぶあいそに答えます。

「それは、たいへんだね。やっぱり罹災《りさい》したのですか。」

「はあ。」

妻は、いったいに、無口な女です。

「どこで？」

「甲府で。」

「子供を連れているんでは、やっかいだ。あがりませんか？」

桃とトマトを十ばかり、すばやく妻の膝《ひざ》の上に乗せてやって、

「隠して下さい。他の野郎たちが、うるさいから。」

果して、大型の紙幣を片手に握ってそれとなく見せびらかし、「いくつでもいいよ、売ってくれ」と小声で言って迫る男があらわれました。

「うるさいよ。」

おかみさんは顔をしかめ、

「売り物じゃないんだよ。」

と叫んで追い払います。

それから、妻は、まずい事を仕出かしました。突然お金を、そのおかみさんに握らせようとしたのです。たちまち、
ま！

いや！

いいえ！

さ！

どう！

などと、殆《ほと》んど言葉にも何もなっていない小さい叫びが二人の口から交互に火花の如

くぱっぱっと飛び出て、そのあいだ、眼にもとまらぬ早さでお金がそっちへ行ったりこっちへ来たりしていました。

じんどう！

たしかに、おかみさんの口から、そんな言葉も飛び出しました。

「そりゃ、失礼だよ。」

と私は低い声で言って妻をたしなめました。

こうして書くと長たらしくなりますが、妻がお金を出して、それから火花がぱっぱっと散って、それから私が仲裁にはいって、妻がしぶしぶまた金をひっこめるまで五秒とかからなかったでしょう。実に電光の如く、一瞬のあいだの出来事でした。

私の観察に依《よ》れば、そのおかみさんが「売り物でない」と言ってはいるけれども、しかし、それは汽車の中では売りたくないというだけの事で、やはり商売人に違いないのでした。自分の家に持ち運んで、それを誰か特定の人にゆずるのかどうか、そこまではわかりませんが、とにかく「売り物」には違いないようでした。しかし、既に人道というけなげな言葉が発せられている以上、私たちはそのおかみさんを商売人として扱うわけにはゆかなくなりました。

人道。

もちろん、おかみさんのその心意気を、ありがたく、うれしく思わぬわけではないのですが、しかしまた、胸底に於《お》いていささか閉口の気もありました。

人道。

私は、お礼の言葉に窮しました。思案のあげく、私のいま持っているもので一ばん大事なものを、このおかみさんに差上げる事にしました。私にはまだ煙草が二十本ほどありました。そのうちの十本を、私はおかみさんに差し出しました。

おかみさんは、お金の時ほど強く拒絶しませんでした。私は、やっと、ほっとしました。そのおかみさんは仙台の少し手前の小さい駅で下車しましたが、おかみさんがいなくなってから、私は妻に向って苦笑し、

「人道には、おどろいたな。」

と恩人をひやかすような事を低く言いました。乞食の負け惜しみというのでしょうか、虚栄というのでしょうか。アメリカの烏賊《いか》の缶詰の味を、ひそひそ批評しているのと相似たる心理でした。まことに、どうも、度し難いものです。

私たちの計画は、とにかくこの汽車で終点の小牛田《こごた》まで行き、東北本線では青森市のずっと手前で下車を命ぜられるという噂《うわさ》も聞いているし、また本線の混雑はよほどのものだろうと思われ、とても親子四人がその中へ割り込める自信は無かったし、方向をか

えて、小牛田から日本海のほうに抜け、つまり小牛田から陸羽線に乗りかえて山形県の新庄に出て、それから奥羽線に乗りかえて北上し、秋田を過ぎ東能代《ひがしのしろ》駅で下車し、そこから五能線に乗りかえ、謂《い》わば、青森県の裏口からはいって行って五所川原《ごしょがわら》駅で降りて、それからいよいよ津軽鉄道に乗りかえて生れ故郷の金木という町にたどり着くという段取りであったのですが、思えば前途雲煙のかなたにあり、うまくいっても三昼夜はたっぷりかかる旅程なのです。トマトと桃の恵投にあずかり、これで上の子のきょう一日の食料が出来たとはいうものの、下の子がいまに眼をさまして、乳を求めて泣き叫びはじめたら、どうしたらいいでしょうか。小牛田までは、まだ四時間以上もあるでしょう。また、小牛田に着いても、それは夜の十時ちかくの筈《はず》ですから、ミルクを作ったり、おかゆを煮てもらったりする便宜が得られないに違いない。

仙台が焼けてさえいなかったら、仙台には二、三の知人もいるし、途中下車して、何とか頼んで見る事も出来るでしょうが、ご存じの如く、仙台市は既に大半焼けてしまっているようでしたから、それもかなわず、ええ、もう、この下の子は、餓《が》死《し》にきまった。自分も三十七まで生きて来たばかりに、いろいろの苦労をなめるわい、思えば、つまらねえ三十七年間であった、などとそれこそ思いが愚かしく千々《ちぢ》に乱れ、上の女の子に桃の皮をむいてやったりしているうちに、そろそろ下の男の子が眼をさまし、むずかり出しました。

「何も、もう無いんだろう。」

「ええ。」

「蒸しパンでもあるといいんだがなあ。」

その私の絶望の声に応ずるが如く、

「蒸しパンなら、あの、わたくし、……」

という不思議な囁《ささや》きが天《そら》から聞えました。

誇張ではありません。たしかに、私の頭の上から聞えたのです。ふり仰ぐと、それまで私のうしろに立っていたらしい若い女のひとが、いましも腕を伸ばして網棚《あみだな》の上の白いズックの鞄《かばん》をおろそうとしているところでした。たくさんの蒸しパンが包まれているらしい清潔なハトロン紙の包みが、私の膝《ひざ》の上に載せられました。私は黙っていました。

「あの、お昼につくったのですから、大丈夫だと思いますけど。それから、……これは、お赤飯です。それから、……これは、卵です。」

つぎつぎと、ハトロン紙の包が私の膝の上に積み重ねられました。私は何も言えず、ただぼんやり、窓の外を眺めていました。夕焼けに映えて森が真赤に燃えていました。汽車がとまって、そこは仙台駅でした。

「失礼します。お嬢ちゃん、さようなら。」

女のひとは、そう言って私のところの窓からさっさと降りてゆきました。

私も妻も、一言も何もお礼を言うひまが、なかったのです。

そのひとに、その女のひとに、私は逢いたいのです。としの頃は、はたち前後。その時の服装は、白い半袖《はんそで》のシャツに、久留米絣《くるめがすり》のモンペをつけていました。

逢って、私は言いたいのです。一種のにくしみを含めて言いたいのです。

「お嬢さん。あの時は、たすかりました。あの時の乞食は、私です。」と。

**梅崎春生《うめざきはるお》（一九一五〜一九六五年）**

福岡県出身。

東大国文科在学中、「風宴《ふうえん》」を発表。卒業後は職に就くも、一九四二年に徴兵を受け、陸軍に召集される。病気のため即日帰郷となったが、二年後に海軍に召集され、暗号特技兵として鹿児島で敗戦を迎えた。

戦後、兵士として過ごした体験をもとに書いた「桜島」「日の果て」などで注目を浴びる。ユーモラスな短編・随筆も多数執筆。

一九五四年、「ボロ家の春秋」で直木賞、翌年、「砂時計」で新潮社文学賞、一九六四年、「狂ひ凧」で芸術選奨文部大臣賞を受賞。

他に「幻化《げんか》」などの作品がある。

**林 芙美子《はやしふみこ》（一九〇三〜一九五一年）**

山口県出身（異説あり）。

尾道高等女学校卒業後、恋人を頼って上京するも婚約を破棄される。下足番や女工、女給など様々な職を転々としつつ、日記をもとに自伝的小説「放浪記」を執筆。一九三〇年に刊行されるとベストセラーになり、一躍流行作家になる。

「放浪記」の印税で中国へ渡航。その後、シベリア鉄道でヨーロッパへ向い、パリ、ロンドンに滞在。このときの経験を、紀行文として発表。

戦後も盛んに執筆するも、四七歳のとき、心臓麻痺により急逝。主な作品に、「晩菊」「浮雲」「牡蠣」など。

**寺田《てらだ》寅彦《とらひこ》（一八七八～一九三五年）**

東京出身。物理学者・文学者。吉村冬彦《よしむらふゆひこ》など、複数の筆名を持つ。幼少期から旧制中学校まで、両親の出身地である高知で過ごす。熊本の第五高等学校時代、夏目漱石に師事。文学への関心を高める。漱石の縁で正岡子規らとも交流し、「ホトトギス」に俳句や写生文を発表。東京帝大では物理学を学び、物理・震災に関する研究者となるが、文学活動も継続。科学や身の回りの出来事を題材に、多数の随筆を手がけた。漱石や漱石門下との交流を綴った作品も多い。

**吉川英治《よしかわえいじ》（一八九二～一九六二年）**

神奈川県出身。本名、英次《ひでつぐ》。十代の頃より雑誌に作品を投稿。文学を志すようになる。一九二二年、東京毎夕新聞社入社。新聞連載小説を手がけるようになる。一九二五年、「キング」連載の「剣難女難」で、「吉川英治」の筆名を使用。翌年、大阪毎日新聞で「鳴門秘帖」の連載を始めると評判を呼び、人気作家となる。その後も、「宮本武蔵」「新・平家物語」などの大作を執筆。生涯で多くの歴史小説を残した。映画化、ドラマ化されて話題になった作品も多数ある。

**菊池《きくち》寛《かん》（一八八八〜一九四八年）**

香川県出身。本名、寛《ひろし》。

一九一六年、京大英文科卒業。在学中より、東京にいる芥川龍之介らと同人誌「新思潮」（第三・四次）を刊行。

大学卒業後は上京し、時事新報社に入社。記者を務めながら、「恩讐の彼方に」などの短編を発表。新進作家として注目を集める。娯楽性を重視した新聞小説「真珠夫人」で人気作家の仲間入りを果たした。

一九二三年、「文藝春秋」を創刊。文藝家協会をつくり、初代会長に。芥川賞、直木賞を創設するなどして文学振興に努めた他、大映の社長となって映画事業にも参入するなど、文化事業に積極的に関わった。

**岡本かの子（一八八九〜一九三九年）**

東京出身。与謝野晶子に師事。

新詩社の同人として、一四歳頃から「明星」「スバル」などに詩や短歌を発表し、歌人として頭角を現した。

歌作の傍ら画学生・岡本一平と結婚。その後、一平との激しい衝突や兄の死を受け、神経衰弱に陥る。宗教に救いを見出すと、仏教に傾倒していく。

晩年は小説に専心。一平との欧米滞在から帰国の後、川端康成の指導を得、小説制作に傾倒した。

代表作に「母子叙情」「金魚撩乱」「老妓抄」などがある。

芸術家・岡本太郎の母としても知られる。

**森鷗外《もりおうがい》（一八六二〜一九二二年）**

島根県出身。本名、林太郎。

津和野藩の御典医の息子として生まれる。

十歳のとき父と上京。一八七四年、東京大学予科に最年少で入学（年齢を二歳多く偽る）。

東京大学医学部卒業後は、陸軍軍医としてドイツへ留学する。

帰国後、「即興詩人」など外国文学の翻訳を発表し、文学活動を開始。一八九〇年には留学時代の経験を元にした「舞姫」を発表する。

一時は文筆を中断したが、一九〇七年に軍医総監（軍医の最高位）になると、執筆活動を再開。文芸雑誌「スバル」に「半日」「雁」などを発表した。

**山之口貘《やまのくちばく》（一九〇三〜一九六三年）**

沖縄県出身。本名、山口重三郎《やまぐちじゅうさぶろう》。

沖縄県立第一中学校在学中から、沖縄の新聞などに詩を投稿。

一九二一年、一中を中退。翌年に上京するが、関東大震災後に帰京。

一九二五年に二度目の上京を果たすと、佐藤春夫、金子光晴らの知遇を得る。職を転々としながら、詩を創作。以降、貧困や放浪、沖縄を題材にした詩や小説、随筆を発表した。

作品に、一九三八年に発表した初の詩集「思辨の苑」、「山之口貘詩集」、遺稿詩集「鮪に鰯」などがある。

## 徳田秋声《とくだしゅうせい》（一八七二～一九四三年）

石川県出身。本名、末雄《すえお》。第四高等中学校中退後、小説家を目指して上京。尾崎紅葉宅を訪れるも、紅葉は不在。改めて原稿を郵送したが、評価されなかった。職を転々とした後、一八九五年に出版社の博文館に入社。この頃、泉鏡花の勧めで尾崎紅葉の門下となる。

一九〇三年に紅葉が死去した後、「新世帯」（一九〇八年）、「黴」（一九一一年）などを連載。文壇の地位を確立し、自然主義文学の代表的作家とみなされるようになる。

他の作品に、「爛」「あらくれ」、発禁処分を受けて未完となった「縮図」など。

## 室生犀星《むろうさいせい》（一八八九～一九六二年）

石川県出身。本名、照道《てるみち》。「魚眠洞《ぎょみんどう》」など複数の号を名のる。

生後まもなく、雨宝院住職に引き取られる。実父は九歳のときに死亡、生母は行方不明。高等小学校中退後、金沢地方裁判所の給仕をしながら、俳句や詩を雑誌などに投稿。

一九一〇年、文学を志して上京。以降、東京と金沢の往復を繰り返す。

一九一三年、北原白秋に認められ、白秋主宰の「朱欒《ザムボア》」に詩が掲載されるようになる。

その後、「愛の詩集」「抒情小曲集」などを刊行。注目を集める。

一九一九年からは小説も執筆。「幼年時代」「あにいもうと」などを残した。

**岡本綺堂**《おかもときどう》（一八七二〜一九三九年）

東京出身。劇作家、作家。本名は敬二《けいじ》。別号に「狂綺堂」「鬼菫」など。

東京日日新聞（現毎日新聞）の記者として働きながら、戯曲や小説を執筆。

一九一一年、明治座で上演された戯曲「修禅寺物語」が人気を博す。その後、「鳥辺山心中」「番町皿屋敷」など人気演目を続々と執筆。創作活動に専念するようになる。

一九一七年より、コナン・ドイルの「シャーロック・ホームズ」シリーズに着想を得た「半七捕物帳」を執筆。のちの「捕物帳」の礎を築く。

また、国内外の怪談を紹介したことでも知られる。

**坂口安吾**《さかぐちあんご》（一九〇六〜一九五五年）

新潟県出身。本名、炳五《へいご》。

一九三一年、ナンセンスかつユーモラスな「風博士」を牧野信一に激賞され、一躍文壇デビューを果たす。

終戦後、人間の価値観・倫理観を見つめ直した随筆「堕落論」、短編小説「白痴」を発表。新時代の文学を担う存在として注目され、人気作家の仲間入りを果たす。

太宰治、織田作之助らとともに、無頼派・新戯作派とも呼ばれる。

四八歳のとき、脳出血のためこの世を去った。純文学に限らず、推理小説や時代小説、随筆など、多彩な作品を残した。

## 永井荷風《ながいかふう》（一八七九〜一九五九年）

東京出身。本名、壮吉《そうきち》。父は、省庁・大学勤務後、日本郵船に転じた永井久一郎《きゅういちろう》。

一九〇三年、父の勧めで実学を学ぶため、渡米。実学は身につかなかったが、フランスを経て帰国後、「あめりか物語」「ふらんす物語」を発表。文学者として注目を集めるようになる。

一九一〇年、森鷗外らの推薦で、慶應義塾大学文学科教授に就任。同大学で、文芸雑誌「三田文学」を創刊。「早稲田文学」と対立した。

七二歳で文化勲章を受章。

他の作品に、娼婦との出会いと別れを描いた「濹東綺譚」、亡くなる前日まで約四〇年にわたり書かれた日記「断腸亭日乗《だんちょうていにちじょう》」など。

## 北大路魯山人《きたおおじろさんじん》（一八八三〜一九五九年）

東京出身。本名は、房次郎《ふさじろう》。

京都の上賀茂神社の社家に生まれる。家が貧しかったため、複数の養家のもとで幼少期を過ごす（姓は福田）。

一九一六年、兄の死去に伴い、北大路家の家督を継ぐ。この頃より、魯山人の号も使用。実業家や文化人と交流し、骨董や食への見識を深めていった。

その後、骨董店や会員制の料亭を経営。さらには自ら芸術作品を残すようになり、陶芸をはじめ、漆芸、書、絵画、篆刻など、幅広い分野で名を残した。美食家としても有名。

一九五五年に織部焼の人間国宝に指定されたが、辞退している。

**太宰治《だざいおさむ》（一九〇九～一九四八年）**

青森県出身。本名、津島修治《つしましゅうじ》。

一九三五年に発表した「逆行」が、第一回芥川賞の候補となる。一時は精神不安により入院治療を受けたが、一九三八年頃より、新鮮な作風・価値観で人気を博すようになる。

戦後は、坂口安吾、織田作之助らとともに、無頼派・新戯作派と称される。自殺未遂や薬物中毒を繰り返した、破滅型の作家としても知られる。

一九四八年、玉川上水で愛人の山崎富栄《やまざきとみえ》と入水。遺体発見日の「桜桃忌《おうとうき》」には、今なお多くのファンが太宰の墓を訪れ、死を悼む。主な作品に、「斜陽」「走れメロス」「人間失格」など。

**正岡子規《まさおかしき》（一八六七～一九〇二年）**

愛媛県出身。本名、常規《つねのり》。

一八九〇年、東京帝大文科に入学。この頃より、同学に通う夏目漱石と親しくなる。

一八九二年、大学を中退し、日本新聞社に入社。「日本」紙上で、「獺祭書屋俳話《だっさいしょおくはいわ》」を連載し、俳句の革新運動を提唱。のちに、短歌や文章法の革新運動も、同誌で行なうようになる。

一八九五年、日清戦争に記者として従軍。帰国途中で喀血し、以後、病床生活に入る。

一八九八年から、雑誌「ホトトギス」を舞台に作品を発表。病気に苦しみながらも、旺盛な文学運動を続けた。

他の作品に、闘病生活を描いた「病牀六尺」、短歌改革を説いた「歌よみに与ふる書」など。

## 牧野《まきの》富太郎《とみたろう》（一八六二～一九五七年）

高知県出身。「日本植物学の父」と呼ばれる。郷土の名教館に通うが、同校が学制改革により小学校になると、物足りなさを感じ、ほどなくして中退。独学で植物の知識を収集するようになる。

一八八四年、植物学の研究を志して上京。東大理学部植物研究室への出入りを許可されると、研究に没頭。

生涯で収集した標本は約四〇万点といわれる。新種・新品種など一五〇〇種類以上の植物を命名した。

一般向けに植物知識を広めようと、随筆などの執筆にも努めた。

## 直木《なおき》三十五《さんじゅうご》（一八九一～一九三四年）

大阪出身。本名、植村宗一《うえむらそういち》。上京して早大英文科予科に入学するが、授業料未納で中退。

一九二一年、「時事新報」にて、「直木三十一」の筆名を使用。当時の年齢である三十一歳（数え年）にちなむ。以後、毎年一を加えて筆名にしていたが、三十五で定着する。

関東大震災後は大阪で雑誌の編集を務めるが、しばらくして再度上京。文筆に専念する。菊池寛が創刊した「文藝春秋」では、文壇ゴシップや時事ネタを多数執筆。

時代小説「荒木又右衛門」や「南国太平記」などで、大衆作家として認められた。

萩原朔太郎《はぎわらさくたろう》（一八八六〜一九四二年）

群馬県出身。

一九一三年、北原白秋主催の「朱欒《ザムボア》」に詩を発表して詩壇デビュー。同誌をきっかけに、室生犀星と親交を結ぶ。

一九一七年、詩集「月に吠える」を刊行。詩壇の話題をさらう。一九二三年、「青猫」を刊行。口語詩の完成者として高い評価を得る。

一九二五年、家族と上京。芥川龍之介ら、多くの文学者と交流した。

妻との離婚、父の死を経験したのち、一九三四年に「氷島」を刊行。以後、詩の発表は減り、「日本への回帰」（一九三八年）、評論を中心に活動した。

佐藤春夫《さとうはるお》（一八九二〜一九六四年）

和歌山県出身。作家、詩人。

一九一〇年、上京。慶応義塾大学に入学し、永井荷風に師事。「スバル」「三田文学」に詩や評論を発表する。

一九一九年、「田園の憂鬱」を発表、文壇に注目される。

一九二一年、谷崎潤一郎の妻千代子との恋と破局等を描いた初詩集「殉情詩集」を発表。その後、「都会の憂鬱」、「退屈読本」などを発表。芥川龍之介と並んで時代を担う作家として、注目された。

小説や詩の他、随筆、童話、翻訳、戯曲等も手がけた。

## 幸田露伴《こうだろはん》（一八六七～一九四七年）

東京生まれ。本名、成行《しげゆき》。

一八八四年、電信修技学校卒業。北海道で電信技士となるが、坪内逍遥の『小説神髄』などに触れ、文学者を志す。

一八八八年、帰東。翌年、「露団々」を発表して文壇に登場。同年、「風流仏」を発表して名声を上げる。

一八九一年より連載の始まった「五重塔」が高く評価され、尾崎紅葉と並ぶ、当時の代表的な小説家とみなされるようになった。

自然主義が流行すると小説からは遠ざかり、随筆や史伝や随筆、考証分野で佳作を残した。

一九三七年、第一回文化勲章を受章。

## 夢野久作《ゆめのきゅうさく》（一八八九～一九三六年）

福岡県福岡市出身。本名、杉山泰道。

右翼の大物杉山茂丸の子として生まれる。僧侶、新聞記者などを経て作家となる。

一九二二年、杉山萠円《ほうえん》の筆名で童話「白髪小僧《しらがこぞう》」を刊行。一九二六年、「あやかしの鼓」を雑誌『新青年』に発表。

一九二九年に発表した「押絵の奇蹟」が、江戸川乱歩に絶賛される。

怪奇味、幻想性の濃い作品が多く、独特な世界観を作っている。

主な作品に、「ドグラ・マグラ」「少女地獄」「猟奇歌」などがある。

**芥川龍之介《あくたがわりゅうのすけ》（一八九二〜一九二七年）**

東京出身。生後間もなく母が精神を病んだため、母の実家芥川家で養育される。のち芥川家の養子となる。

東大在学中より同人雑誌『新思潮』に翻訳作品などを寄稿。一九一六年、「鼻」を発表。夏目漱石に絶賛される。

卒業後、海軍機関学校の嘱託教官に就任。一九一九年に教職を辞し、執筆活動に専念。今昔物語を題材にした「羅生門」「芋粥」、中国説話によった「杜子春《とししゅん》」などの短編が有名。後には、「歯車」「河童」に見られる自伝的作品も執筆。

一九二七年に服毒自殺し、この世を去った。

**古川緑波《ふるかわろっぱ》（一九〇三〜一九六一年）**

東京出身。本名、郁郎《いくろう》。男爵の六男として生まれて間もなく、古川家の養子となる。

早稲田中学校在学中の一九一八年、映画雑誌『映画世界』を発行し、映画評論を執筆。「キネマ旬報」などの映画雑誌にも投稿を始める。

一九二二年には、小笠原明峰監督「愛の導き」で映画出演。映画をみた菊池寛の誘いで文藝春秋社に入社し、雑誌「映画時代」の編集者となる。一九二五年に早大を中退し、執筆に専念した。

一九三〇年代からは、喜劇役者として舞台に上がり、のち映画にも出演。榎本健一（エノケン）と並ぶ喜劇役者として、人気を集めた。

## 出典

梅崎春生「腹のへった話」小島政二郎編『甘辛抄』六月社　一九五八年
林芙美子「朝御飯」『林芙美子選集　第3巻』改造社　一九三七年
寺田寅彦「コーヒー哲学序説」『寺田寅彦全集　第7巻』岩波書店　一九六一年
吉川英治「母の掌の味」『暮しの手帖』暮しの手帖社　一九五六年九月
菊池寛「蠣フライ」『菊池寛文学全集　第4巻』文藝春秋新社　一九六〇年
岡本かの子「餅」『岡本かの子全集 補巻』冬樹社　一九七七年
森鷗外「牛鍋」『鷗外小説全集　第2巻』宝文館　一九五七年
山之口貘「山羊料理」『山之口貘　沖縄随筆集』平凡社　二〇〇四年
徳田秋声「鶫・鰒・鴨など」『灰皿』砂子屋書房　一九三八年
室生犀星「川魚の記」『室生犀星全集 第3巻』新潮社　一九六六年
岡本綺堂「鰻に呪われた男」日下三蔵編『岡本綺堂集　青蛙堂鬼談』筑摩書房　二〇〇一年
坂口安吾「わが工夫せるオジヤ」『定本坂口安吾全集　第8巻』冬樹社　一九六九年
永井荷風「銀座」野口富士男編『荷風随筆集（上）』岩波書店　一九八六年

北大路魯山人「味覚馬鹿」『魯山人の食卓』角川春樹事務所　二〇〇四年
太宰治「食通」『太宰治全集 第10巻』筑摩書房　一九八九年
「私の好きな夏の料理」『中央公論』一九一八年八月号
正岡子規「くだもの」『日本現代文学全集 第16 正岡子規集』講談社　一九六八年
牧野富太郎「バナナは皮を食う」『バナナは皮を食う』暮しの手帖社　二〇〇八年
直木三十五「果物地獄」『直木三十五全集　第15巻』改造社　一九三五年
萩原朔太郎「ラムネ・他四編」『萩原朔太郎全集　第8巻』筑摩書房　一九七六年
佐藤春夫「飲料のはなし」『暮しの手帖』一九五六年九月
幸田露伴「菓子」南條竹則編『珍饌会　露伴の食』講談社　二〇一九年
夢野久作「お菓子の大舞踏会」『定本夢野久作全集 6』国書刊行会　二〇一九年
芥川龍之介「しるこ」『芥川竜之介全集 第15巻』岩波書店　一九九七年
古川緑波「下司味礼讃」『ロッパ食談 完全版』河出書房新社　二〇二三年
古川緑波「新版洋食記　Ⅱ」『ロッパ食談 完全版』河出書房新社　二〇二三年
芥川龍之介「食物として」『芥川竜之介全集　第10巻』角川書店　一九六八年
太宰治「たずねびと」『太宰治全集　第8巻』筑摩書房　一九八九年

文豪たちが書いた **食の名作短編集**

2023 年 10 月 12 日　第一刷

編　纂　彩図社文芸部

発行人　山田有司

発行所　〒 170-0005
株式会社彩図社
東京都豊島区南大塚 3-24-4
MT ビル
TEL：03-5985-8213　FAX：03-5985-8224

印刷所　新灯印刷株式会社

URL　https://www.saiz.co.jp
https://twitter.com/saiz_sha

　ISBN978-4-8013-0682-0　C0193